讨厌的京都

京都ぎらい

〔日〕井上章一 著
龚婷 译

南海出版公司

新经典文化股份有限公司
www.readinglife.com
出　品

致中国读者：

在日本，我们时不时也会将书卖得很好的现象称为“洛阳纸贵”。众所周知，这是来源于中国的成语典故。古时候，纸曾是十分贵重的物品，为了传抄左思的《三都赋》，纸一度供不应求，就连国之重镇洛阳都因为纸张的匮乏而大为困扰。随着库存的减少，纸的价格飞速上涨。从侧面来看，这是一桩“提升了洛阳纸张价格”的历史性事件。

同样，在日本，这样的典故也随着来自中国的文化融入而变成了一种惯用句式。出版行业的人士经常将“洛阳纸贵”这个词挂在嘴边。喜欢读书的人也时不时从嘴里冒出这个词来。这算是中国古典文化活在当代日本社会中的一个非常具体鲜明的例子。

以我的立场来说这话可能有些自大，但还是得提前跟大家讲清楚，这本《讨厌的京都》实际上在日本卖得非常好。从出版社的角度来看，卖了这么多本书，也称得上是“洛阳纸贵”了，是一件非常值得开心的事。虽然在现代社会，即便书卖得好，实际的纸价也并不会上涨多少。

本书以“讨厌的京都”为题，内容自然以探讨日本的京都为主。无论是“京”还是“都”，这二者都是指代天子所在的首都。日本将“京”“都”二字重叠起来作为一个现代都市的名字，不知中国的读者是不是觉得过于夸张了些?

众所周知，现代日本的首都是东京。现在的日本天皇也生活在那里。“上京”这个过去指来京都的词，在现代日语的语境中也变成了“上东京去”的意思。

最近，京都人开始时不时称呼那些到访京都的人为“入洛者”，甚至还有个别人用略显自傲的语气称其为“上洛者”。

“入洛”也好，“上洛”也罢，这里的“洛”本来指的是中国的洛阳。据考，千年以前，京都这座城市（平安京）已经时不时被比喻为“洛阳”。随后衍生出了将都市的中心称为“洛中”，都市的外缘称为“洛外”的说法。特别是“洛外”，按照四个方位详细划分出了“洛东”“洛西”“洛北”“洛南”四个地区。即便在现代，这种称呼依旧留存于京都人的生活中。

翻阅中国古典文献，也会看到“洛阳”有“洛北”“洛东”

等称谓。虽然在当代中国这种称谓似乎已逐渐消失，但“洛北”“洛东”等远渡东洋，至今仍与京都这座城市息息相关。前面我也提到过，直到今日，仍旧有喜欢将“上洛”挂在嘴边、姿态傲慢的京都人。特别是京都市中心的“洛中”地区，至今还住着不少这样的人。说得好听一点，这些人将“上洛”挂在嘴边当成是件特别有面子的事。

像我这样在洛外出生长大的人，还经常被这群洛中人打心眼里瞧不起。《讨厌的京都》这本书，就是从这样的“受害者视角”来写的京都论，所以无论如何都摆脱不掉这种哀怨的语气。但是，日本人说起“哎呀，京都的洛中可真让人讨厌啊”的时候，脑中不会联想到中国的洛阳。多少有些学识的人都知道“洛中洛外”这个“洛”的典故是取自洛阳，但是听到有人抱怨“洛中人可真让人讨厌呀”，一般也不会想到中国的洛阳。

居住在洛阳的读者，请安心读完这本书。本书绝没有一丝对今日的洛阳和古典文学里的“洛阳”的诋毁之意。

井上章一

目录

前 言

市面上充斥着众多有关京都的书。本书也是围绕着京都而展开，所以在主旨上可能少了几分新鲜感。或许会有读者要觉得厌烦了，哎呀，怎么又是一本讲京都的书啊。不过，在开头我要向你们保证，本书有别于迄今为止的其他书籍，与别的剖析京都的书断然没有雷同之处。仅凭这一点，这本书就值得购买。

但是，太想在内容上与众不同也是我的一个毛病。我的作品或多或少都会秉承这种特色。本书也将以一种全新的视角去窥探京都，因此作为一本探讨京都的书来说，或许会给人耳目一新的感觉，但放在我个人的作品中来看的话，似乎又落了俗套。

曾经有不少读者称赞我，说这位作者不简单，敢写别人不敢写的事情。也有人觉得我笔下的内容太有个性，读后让人深感不快，无法接受。而我的初衷是不去顾虑后者，只为前者执笔写作。容我夸张点讲，今后我也会继续为这些支持我的读者朋友们写作。因此这本探讨京都的书，我也会坚持个人风格，并不打算向世间风气靠拢。

倒不是说我与其他论述者不同，会用某种略为扭曲的视角来窥探这座城市，也不是说我挖掘到了京都更深层次的内涵。在这里，我只是想记述一下这么多年在京都的见闻，并追溯它们的历史背景，将这些一起展现给大家。

实际上，对京都有所了解的人，大部分都会承认我的记述基本属实——对，没错，就像你写的那样，在这座城市里，这样的事情犹如家常便饭，随时都在发生。然而一旦真把这些事儿写成书，就会有人质疑：事实的确是这样，但你真有必要专门写本书出来不成？

比如说五年前，我在《京都新闻》上刊登过一篇在 KBS[①] 大厅观赏职业摔角比赛的观后感。其中提到了一些绝不可能在京都以外的地方看到的光景，想以此来探讨这座城市（二

① 即“株式会社京都放送”的简称，是京都地区主要的电视台之一。

〇一〇年三月十四日的报道）。

《京都新闻》是一份在京都地区发行量很大的地方报纸，因此我发表在上面的小文章经常会进入本地读者的视线。不少读者事后给我反馈：哎呀，你上次写的那个很有趣，京都人的特征可都被你揭露出来了。但是也有一些来自本地读者的不同声音，例如：还真敢那么写啊，你是打算挑衅京都人吗！《京都新闻》居然没给你退稿，上面那么多写京都的文章，像你这样写的还是头一回见……

倒不是说我发现了什么其他人一直没发现的细节，明明是大家多少都注意过的地方，但终究都没有提起。我只是把焦点对准了这样的地方，说得好听一点是我有胆量，敢于写这些事情，说得难听一点，就是无视世间约定俗成的东西，纯粹是一个反应迟钝的写作者。顺带一提，有关 KBS 大厅的见闻，在本书中还会再次提到。不光是这件事，这本书中你将看到的内容，我在下笔时都是百无禁忌。

用一句话来总结，本书就像是一幅洛外人眼中的《洛中绘卷》。要是说它触犯了什么禁忌，大概就是洛中人那固有的扼杀一切外来批判的价值观吧。

本书日文版的编辑是朝日新闻社的田岛正夫先生。那时我还是一个二十多岁的年轻人，正是受到田岛先生的帮助，才得以出版处女作《灵柩车的诞生》。正因为这个缘故，我想起了年轻时的许多回忆，当时在京都洛中饱受的种种屈辱也随之浮现在脑海中。或许是出于这个原因，在写下这本书的时候，往里面添加的“调味料”下手可能重了些，还请读者谅解。

第一章

生活在洛外

京都市还是京都府？[1]

一开始就这么说可能会让人不快，但京都有让人讨厌的地方。虽说我是土生土长的京都市民，可直到二十岁以后才明白这一点。时至今日，我还是无法全心全意地喜欢这座城市，即便是把家安在了京都附近。

在开篇的自我介绍中就提到了，我是土生土长的京都市人，不过还要补上几句，京都市右京区有一个叫花园的地方，紧挨着妙心寺的南侧，我就出生在那里。五岁的时候，全家搬到了同样在右京区的嵯峨，在清凉寺释迦堂的西边。我在嵯峨这地方生活了将近二十年，在自我认知中一直以为自己

① 日本现行的行政区划中，京都府指广义的京都的范围，即包括京都市在内的十五个市。

是一个嵯峨人。

不管是花园也好嵯峨也好，在行政管辖上都属于右京区。所以自我介绍时说我是在京都出生、在京都长大，丝毫没有虚假。但我心中总对这样介绍自己感到踌躇，这大概是京都以外的人无法理解的地方。不过换作住在京都市里，即所谓“洛中”地区的人来看，可能会恍然大悟：原来井上是在嵯峨长大的啊，那怎么能算是京都人呢。

有些地区行政上虽然属于京都市，却不被京都的“洛中人”承认是京都的一部分。特别是围绕着市中心的周边地带，即所谓的洛外地区，向来不被京都人放在眼里。养育我长大的嵯峨位于京都西郊，说白了，是被他们视作乡下的地区之一。

我无法明确地告诉别人，自己是土生土长的京都市人，仿佛这么说是在钻空子，让人觉得在洛外长大的我想给人一种自己是洛中人的暗示。但这并非我的本意，我并不想让人误以为我如此渴望这个身份，更不想被那些洛中的京都人这样看待。因为我就是一直以来被他们看作洛外乡下的土老帽、饱受各种歧视的嵯峨人。这是我对自己算不算土生土长的京都人这个问题耿耿于怀的原因。但自称是京都府人的话，就没有这么多犹豫了，我打算在这本书的作者简介里也如此介绍自己。

各位读者可能会觉得，像出生地这样的鸡毛蒜皮的小事，用得着这么斤斤计较吗？然而京都自身所带的这种毒性，正是通过这样一件小事轻而易举把我逼入了绝境。染上这种精神病的绝对不止我一人，肯定还有不少洛外人与我同病相怜。我不敢说其他地方的人会不会有类似的心境，但是洛中人给周边居民带来的这种内心的阴影却分外不同。所以我想从这种京都特有的、弥漫在整个京都街头的“瘴气”开始说起。

各种各样的粪肥

这几年，京都的町屋[1]开始变得受人欢迎。古色古香的传统町屋因为时代变迁，居民变得寥寥无几。作为生活空间，町屋逐渐迎来了它的衰退期。但随着新的开发利用，越来越多的町屋被改造为精品店或咖啡店，吸引了许多观光客频频到访。

其中也有像杉本家旧宅那样，改造成博物馆对外开放的例子。杉本家在京都的下京区足足延续了将近三百年的历史，

① 指京都市内在 1950 年以前，按照传统木造轴组构法修建的木结构建筑。

位于绫小路新町的宅邸现在依旧是一座古典而气派的町屋，维持着往日的生活气息。比起改造成咖啡店之类的町屋，杉本家旧宅可以说仍保留着洛中人日常生活的模样，很值得一看，特别推荐给爱好古老民宅的朋友们。

我年轻的时候曾经拜访过一次杉本家的旧宅。那是一九七七年的事情，那时杉本家还没有改造成博物馆。与杉本一家素不相识的我，踏入了这座并不向一般人开放的私人宅邸。当时我隶属于京都大学建筑学系的上田笃研究室。那个研究室正在做町屋的相关研究，杉本家旧宅的建筑就列在我们的调查清单上。我负责做沟通交涉的工作，去杉本家拜访，请他们允许我们进行拍照和测量。

我提前打了电话，在约定的日子登门拜访，见到了杉本家第九代当家人——现在已故去的杉本秀太郎先生。我如实说了我们的请求，杉本先生十分豪爽地答应下来。

只是有一点，杉本先生似乎对我说话时带的那点京都口音有些在意。他问我：

“你是哪儿人？”

我老老实实地回答：

“我是嵯峨人，家就在释迦堂和二尊院那一带。”

听了我的回答，杉本先生说道：“真令人怀念啊。”我不禁想，难道他对嵯峨有什么特别的回忆吗？但紧接着，他又说道：

“以前那一带的农民经常来我家帮忙挑粪。”

不知年轻的读者知不知道“挑粪”是什么？为了慎重起见，我先说明一下。直到二十世纪中叶，日本的农业还维持着以人的粪尿为肥料的传统种植方式。说得直白一点，要挑着人的粪尿去浇菜施肥。由于需要大量的肥料，这些以种田为生的农民时不时到城里来挑粪。他们将城里人家的茅厕囤积的粪尿用容器装好，再用推车运回去，存在田间的水肥池里，也会给提供肥料的人家一些田里的蔬果当回礼。当时，下水道和冲水厕所还没有普及，也几乎没有家庭拥有污水处理设施。城里的人家基本都是在厕所下面挖一个储粪池，将自家的排泄物储存起来。在那个还不发达的时代，这些城里人家自然会对经常来挑粪的农民心存感激。

看来，嵯峨的农民以前也下山来绫小路新町一带挑过粪。当然，这种做法在二十世纪七十年代末期已经绝迹。但杉本先生的回忆在我听来也十分真实。我家附近的田地一直到二十世纪六十年代前后都留有水肥池。

“来我家帮忙挑粪”这句话从字面意义看来，算是带有感谢之意吧。既然都说是“来帮忙”了，表面上还是要解读为感谢的意思。我却不由自主地从中听到了揶揄之意。嵯峨人啊，乡下人嘛。无非想强调这一点罢了。我就这样被第一次见面的洛中名门的当家人给调侃了一回。

一开始我也反思了一下，是不是有什么失礼的言行，惹得杉本当家不高兴，他才说出那样的话。但是后来接触洛中人士的机会多了，我的想法也随之有了改变。每个洛中人都有强烈的唯我独尊的意识。甚至有人当着我的面大放厥词："瞧不起你们嵯峨人，那不是理所当然的吗！"

最终，我这样说服自己，杉本先生毕竟是个洛中人，我被视作乡下人也理所应当。当时我还在深刻反省是不是失礼在先，回想起来不免有些天真。但既然是在洛外长大的乡下人，有这份天真也是理所当然。

后来我还回想起了另外一些事情。例如，初次拜访杉本秀太郎先生的时候，我并不知道他是大名鼎鼎的作家。就在我拜访他的前一年（1976），他出版了《洛中生息》。要知道那可是一本博得了诸多文人墨客好评的随笔集。我是过了好几年才逐渐明白个中滋味的。

《洛中生息》……多么令人不快的书名。在洛外生息的我，光是看到这个书名就来气。不过，虽然很不甘心，我还是要承认，这本书中收录的文章篇篇皆是珠玉。字里行间有时如同一幅画卷，有时又像是动人的音乐般给人带来愉悦的感受。不得不说的确是出自名家手笔。

是因为这个家族一连九代都在洛中这片土地上生息，才有如此深厚的文化积淀吗？或许在某种意义上，京都这个城市自身就是文艺的养料。相对而言，我的故乡在过去也同样从京都汲取着肥料，维持着农耕生活。这让人深深地感受到了生长环境的天壤之别。

京都方言和“桃太郎”

前文提到过，我常被自视清高的京都人教训，“你们嵯峨人被洛中人瞧不起是天经地义的事儿”。可能京都以外的读者会怀疑，他们真像你说的那样满不在乎，一味标榜自己身为京都人的优越感吗？当然，也有人表现得不那么露骨，不是每个人都把“我以京都为傲”这几个字挂在脸上。但确实有人会很明确地，甚至用带着几分傲慢的语气来谈论“我们洛中人”如何如何高人一等。

已故的梅棹忠夫先生，就是其中一位。

记得还是二十世纪九十年代的时候，我曾经拜访过当时担任国立民族学博物馆顾问的梅棹先生。那时我对学术史很感兴趣,有时去拜访这些专家学者,向他们请教一些故人旧事。去拜访梅棹先生也是出于这个原因。在和他的对话中，我提到了杉本秀太郎先生的嵯峨观，并向梅棹先生请教：

“您也认为嵯峨是乡下地方，打心眼里瞧不起嵯峨吗？”

梅棹先生是土生土长的西阵[1]人。对于这个问题，他几乎毫不迟疑地回答道：

“那是当然。那一带的人说起话来腔调挺奇怪的，我上初中那会儿，经常学嵯峨人说话的腔调，特别好笑，还当面嘲笑过他们。也难怪杉本秀太郎会那么说了。”

嵯峨虽然现在属于京都市右京区，但曾经是京都府爱宕郡的地盘，所以嵯峨人说话的腔调多少和京都市内的人有点不一样。梅棹先生提到嵯峨的腔调非常奇怪是有原因的。但是很遗憾，我是在六十年代以后的嵯峨长大的，口音中并没有老嵯峨人那种腔调，反倒是嵯峨方言从那时起已经被京都话渗透，完全丧失了原有的腔调。

听到这儿，我终于明白了，说不定就是这一点激怒了杉本先生。他心里一定琢磨着：“这小子明明是个嵯峨人，却说

---

①京都上京区至北区的合称，是高级织物西阵织的产地。

得一口京都方言。难不成他把自己当成京都人了？这可不行，我得提点他一下，让他知道分寸。你听好了，嵯峨可算不上是京都……”

明明是个嵯峨人，却一口京都话，这就是僭越。你们就应该有嵯峨人的样子，操着嵯峨的那口怪腔怪调就行了。这大概是潜藏在某些老一辈京都人内心的想法。听到梅棹先生的回忆，我不得不猜测有这种可能性。

国立民族学博物馆内有一套设备，可以听到全日本各地的方言。只要按下地名，就可以听到用当地古老的方言来讲述的《桃太郎》。通过这个大家都熟悉的故事，来比较各地的方言。仔细一瞧，上面有“京都府京都市”的按钮。我心想“该不会……”，按下按钮一听，机器里果然传出了梅棹先生那熟悉的京都方言：“从前的从前，有一个地方……”

梅棹先生是国立民族学博物馆的创始人，也是第一任馆长。不知道“京都府京都市”这个按键，究竟是他老人家自己提议创设的，还是某个拍他马屁的人提出的建议呢？面对这台收录了日本各地方言的机器，大多数参观者应该会想：这台设备还真是够公平，够民主啊，完完整整地收录了各地的方言。而我却察觉到了在这完美外表的伪装下，京都人那深藏的唯我独尊的思想。我想大声呼喊，告诉来场的每一个观众，这台机器背后深藏的，根本是瞧不起嵯峨人的西阵人的优越感！

我有朋友是中京区新町御池一带的人。有一次我向他提起这台关于方言的设备，他的回答竟然是："区区一个西阵人也好意思代表京都？不过就是西阵而已，未免也太嚣张了。"

他的意思是，没想到西阵人居然会这么自以为是，简直让人笑掉大牙。这可真是的，京都真是个可怕的地方啊！再一想这位朋友心里是如何看待嵯峨的，我不禁有些沮丧。一瞬间，我似乎听到三十几年的友情破碎了一地的声音。

受鄙视的山科[①]人

这年头，关于适婚年龄的观念似乎没有以前那么流行了，到了中年还不结婚的单身贵族满街都是。但我年轻那会儿可不是这样，在二十世纪八十年代，适婚年龄这种固有观念在人们的意识里还是根深蒂固的。

下面我要讲的就是关于那一代人的故事。那时候，过了

① 山科区，京都市十一个区之一，位于京都东部。

二十五岁的女孩子就会被认作是“剩女”，算是错过了最佳的结婚年龄。

前因后果如何我已经淡忘了，只记得有一位偶然在酒桌上认识的女士，对着周围的客人们不断嚷嚷女人过了三十就没救了，不会有什么像样的婚事找上门了。起初我还不明白她口中所说的“没有像样的”指的是什么，是指对方的学历或收入不高，还是家里要给她找一个离过婚的男人呢？

说起这位女士，她家里在中京区开着一间老字号店铺，也就是俗话说的“千金大小姐”。这种人想来眼光大概都颇高，不会把一般的人家放在眼里。也许她是鸡蛋里挑骨头，故意找出人家的缺点，不愿意点头？我东想西想了一会儿，决定还是向她请教一下，介绍给她的男士到底是什么条件，才让她如此不满。没想到她的回答竟然是：

“居然有山科人来和我相亲，拜托，饶了我吧！”

原来不是经济条件上的问题，而是地理位置上的问题。我这个因为出身嵯峨一直被瞧不起的人，被她这番话刺激得失去了冷静，马上提高声音，有些激动地质问她：

“山科哪儿不好了？”

她是怎么回答这个问题的，其他地方的读者恐怕听了也难以置信。她对酒桌上萍水相逢的我解释道：

“要是去了山科，东山就变成西山了。”

她说的的确是事实。从洛中望去，东山在正东方向南北延绵开来，东山之名正是由此而来。而山科的地理位置是在东山的东南面，也就是说如果去了山科，东山就毫无疑问地变成了西山。但这种事情有什么好难过的？完全不会对生活产生影响，只是要看着东山的另一面过日子而已，为什么连这点事都无法忍受？

尽管我是这么想的，却没有继续追问下去的勇气。一旦追究下去，必定会被她反问是哪里人。要是让她知道我是嵯峨人的话，她一定会一副用鼻孔看人的表情，冷笑着说：

“这可真是够西的了，你们估计连东山都看不清楚吧，难怪你理解不了我到底在烦恼什么。”

在脑内描摹了一番这种反唇相讥的情形，我终究还是败下阵来，什么都没敢问就落荒而逃了。一旦碰到这种问题，我就会一遍又一遍地认识到自己是多么胆小，多么畏缩不前。

宇治人不许自称京都人

从很早以前开始，我就很喜欢看职业摔角比赛，经常跑到京都和大阪的会场去看比赛。现在虽然观战的次数少了很多，但偶尔还是会去。刚进入二十一世纪的时候，大概是二〇〇〇年刚过完一半那会儿，我前往上京区的 KBS 大厅，观看了在那里举行的全日本职业摔角联赛。

有那么几场比赛的内容，我已经忘得一干二净了。专程为武藤敬司去看的那场激斗，也消失在了记忆的某个角落。唯独“Brother” YASSHI 的登场和观众们的反应令我记忆犹新。那个场景，我大概一辈子都不会忘却。

提到 “Brother” YASSHI 这个名字，大概没几个人知道他是谁。在摔角界，他算不上什么大明星，所以追随他的人也不多。再加上他个头偏小，在舞台上很难大放光彩。但是他作为 “反派角色”[1]，在台上的动作却十分灵巧，让我对他赞赏有加。

当天，走上擂台的 YASSHI 在开场前用麦克风致词。他对观众们说，京都出身的自己能够回到京都这个擂台上，感到十分荣幸。话一出口，观众席上立刻爆出嘘声，还有观众用刻薄的语气给他喝倒彩：

“你算什么京都人！不就是个宇治人吗?! ”

---

① 在摔角比赛中，为了渲染气氛，会安排一方选手违反规则，从而激怒观众，让他们更支持另一方选手。负责激怒观众的选手被称为反派角色。

“区区一个宇治人就别冒充京都人了！”

类似的叫骂此起彼伏，不绝于耳。总之，因为一个出身宇治的摔角选手僭称自己是京都人，就引发了观众的强烈不满。这些专业的看客对选手的背景了如指掌，不会轻易放过一点偷换概念的企图。

前文中再三提到，我是在嵯峨长大的嵯峨人，成家后便离开故乡搬来了宇治，现在是宇治市的市民。你一个宇治人，别自称京都人！能有点自知之明吗?!听到京都人这样咆哮，我打心眼里发誓，打死我都不会自称是京都人。我这辈子就是一个彻头彻尾的洛外人，长在嵯峨，住在宇治。

宇治出身的YASSHI声称自己是衣锦还乡，虽然我在文章里把他这番话批判为“偷换概念”，但宇治本身就是京都府的一个市，他说自己是京都出身，在道理上是没有丝毫过错的。就算他公开宣称这一点，也不应该招来如此之多的责备。

遗憾的是，小心眼的洛中人却把他的行为视作企图鱼目混珠。基于这种思维方式，我在行文中遵循洛中人的看法，使用了“偷换概念”和“僭称”这样的词。但我要严正声明，这并不是我个人的想法。

写到这儿，我想到一件事。尽管“Brother”YASSHI是个“反派角色”，可他不以健硕的身形为噱头，体型在职业摔角选手里也算是偏小的。虽然他有业余竞技摔角的经验，但单从外表上看有些弱不禁风。要说他的战斗武器，大概就是敏捷的动作和那富有煽动性的伶牙俐齿了。也许 YASSHI 的出言不逊正是一种策略，他心中的小算盘早已算计好，要怎样才能煽动这帮高傲的京都观众的反感情绪。对，宇治出身的他只要高声宣扬“我一个京都人衣锦还乡啦”，观众席上这帮人就会立刻气得暴跳如雷。

比赛当天，一切都按照他预想中的那样顺利上演。被 YASSHI 煽动的京都观众纷纷对他破口大骂。换句话说，观众们成功衬托出了他这个角色的个性和存在感，浑然不知自己被摆了一道。

“就凭你一个宇治人，装什么京都人！”沐浴在观众的怒骂声中，YASSHI 心里搞不好却在想：这些家伙真傻，只要一句话就能被我煽动起来。对于 YASSHI 的这番剖析，我其实没有多少底气。但如此这般，我才能找到一个瞧不起京都人的事例，并高高兴兴地写下来。

看到擂台上被围攻的 YASSHI，我萌生了一个强烈的想法，想站在他那一边。当时我的眼前像是走马灯一般，掠过一直以来洛中人向我抛来的满含蔑视的目光和话语，仿佛站在擂台上的那个人不是 YASSHI，而是我自己。所以刚才那番对 YASSHI 内心想法的剖析，分明就是我自己内心的真实写照。

东京媒体的吹捧

在嵯峨长大、现居宇治的我，一点也没有身为京都人的自觉。我觉得在京都，自己就是一个外人，用京都本地的说法就是“外客”。参加那些在洛中举办的活动时，恍惚间常常有种错觉，仿佛自己是身在日本的外国人。

或许有读者觉得这种形容太夸张了，竟然说自己是外国人，你算哪门子的外国人。但京都的城里人的确把京都以外的日本人当成外国人来看待。比如，他们私底下将东京人或大阪人投资的店称为“外资”，特别是有些乍看之下京都风味浓郁的町屋咖啡店，经常被京都人私下嘲讽：“那家可是外资呀。”

总而言之，我不认为自己是个京都人。但有的时候，一些东京的杂志会委托我以京都人的身份做一些工作，比如以当地人的身份介绍京都值得推荐的餐厅，或是让我带他们去京都那些鲜为人知的餐厅。这些事情实在太抬举我了，真是让人头疼。毕竟在京都，我被当作外人的几率跟东京的记者几乎没什么区别。

不仅如此，其实我对京都所谓“不为人知”的美食真的一窍不通。我本人对美食和时尚也没有太大兴趣。如果让我介绍旧书店或是作为向导带人去参观建筑的话倒是可以。论起对京都美食的熟悉程度，我不禁对这些东京的媒体人肃然起敬。经常从他们的口中听到哪家的海鳗好吃，或是某家的香鱼堪称绝品，不然就是某家店虽说没入选米其林名单，但是味道绝不输给入选店铺之类的消息。

他们在寻找美食方面的造诣让我佩服得五体投地，但也让我稍稍有些困惑：明明只是偶尔来一次京都的餐厅，为什么能调查得那么详细，对一切了如指掌？真是不容易。首都圈内自诩美食侦探的人按理说应该不少。但只知道东京一带的店大概没法在这个圈子里占上风，于是有人把手伸向了京都。跟人比拼的时候吹嘘自己在京都有熟识的店，就能显得比别人技高一筹，我感觉或许有这层意思在里面。

经常出版京都特辑的杂志编辑，应该是经常跑京都这条线的，免不了出于工作的原因对京都料亭[①]的情况了若指掌。我对东京媒体人这种吹捧京都的风潮持怀疑态度，甚至隐隐

① 以提供日本料理为主的日式餐馆。

觉得是一种困扰。就是因为你们这样拍京都的马屁，洛中人才变得那么不可一世。洛外人受到洛中人的歧视，在我看来其中一个原因是东京媒体对京都过度的吹捧。

当然，东京也有许多人不把京都当回事。除非有什么天大的事儿，否则对东京以外毫无兴趣的人比比皆是。东京人有这样一种思维，认为全天下的好东西都在东京。但这些人基本不会出现在洛中人的面前。敢接近洛中人的，只有那些向往京都的好事者，或者是从吹捧京都中获取现实利益的人，包括媒体在内。

京都人就是不断与这类人接触，才会产生误会：原来东京人也对京都另眼相看啊。你看任何一家杂志社，只要不知道该搞什么企划的时候，就会推出京都特辑。这样扬扬得意自吹自擂的洛中大爷，我就遇到过好几个。

每一次我都不由得想，就是这种人瞧不起洛外。看不起嵯峨的，就是这帮被东京媒体捧上天，因而得意忘形的人。换句话说，这是一群眼皮子浅的家伙。或许这么说只是为了让自己的内心平衡一点。

相比之下，我觉得大阪的媒体就没那么吹捧京都的店家了。因为地理位置相近，靠摆架子来抬高身价的京都餐厅基本都被大阪人看穿了。依照大阪人的观念，便宜又好吃的店，大阪比京都更多，何必非得上京都的当不可呢。

关西电视台大阪局的某位上层人士跟我透露过，和他们隶属同一联播网的富士台的领导们到关西出差的时候，都爱到京都的饭店去。就算告诉他们大阪一样有好吃的店，他们也听不进去，就是喜欢去京都，只要听说是京都的店，便感觉比别的店高出一头。纵观全日本各地区，京都给人的印象还是要优于其他地方。

这位上层人士的言外之意，是实际上大阪更胜一筹。现实中有这种想法的大阪人还真不少。相当多的大阪人认为，京都的魅力言过其实了。大阪市以北，京都市西南方有个城市叫高槻，行政区划上隶属于大阪府。高槻的人经常被大阪市民嘲讽：

“你们根本就是京都啊，算什么大阪。离京都那么近，干脆划进京都算了！”

大家应该听出来了吧，在大阪人眼里，只要临近京都，就会被人拿来当话柄。因为他们对京都一点也不羡慕，所以才会嘲讽同样属于大阪府的高槻人。虽然无法提供具体的统计数据，不过就我个人感觉，大阪人对京都的轻蔑程度在日本全国来说都算数一数二的。

就凭这一点，我十分感激大阪这座城市。大阪可以和我站在同一阵营，一起瞧不起被东京媒体捧得不知道天高地厚的京都。最鄙视自以为是的洛中人的，就是大阪人。

不过很遗憾，大阪媒体的影响力还是今非昔比。现在不管是出版界还是影视圈，重心都逐渐集中到了东京。虽然大阪能够阻止人们对京都的向往，但它的存在感也越来越稀薄。不过这本书的出版社也在东京，单从这一点来说，我或许不用太悲观。

山那边的云海深处

洛中又怎样？我抱着这股劲儿一直写到现在。读到这里的朋友应该也认为我视洛中如大敌。当然，这话在感情上没掺半点假。我是憋着长年以来被洛中人瞧不起的一口闷气才写到这里的。生活在洛外的自卑感，确实是我写作的原动力。

可如果要问我，这就是全部吗？似乎又有些心虚。执笔过程中，我并非抱着彻彻底底的“反洛中”意识，心中多少也潜藏着一些与此前的表现相悖的想法。我不禁自问，是不是该直言不讳，把内心的想法都展露在读者的面前？要是写了，万一引来一片嘘声，又该如何是好？但我还是不能捂住自己的嘴巴，当作没有这回事的模样继续写下去。那就允许我怀着忏悔的心情，把心中的秘密全部说出来吧。

生长在京都西郊嵯峨的我，对洛中有一种自卑感。自从我发现洛中与洛外的区别之后，便开始瞧不起地理位置更往西的龟冈市。我被洛中人视为乡巴佬，就把目标转向了更像乡下的龟冈，以求得内心的安宁——虽然嵯峨远离市区，但也没有龟冈那么偏远啊！尽管在天真无邪的小学时代，一到暑假就去龟冈的游泳池游泳是整个夏天最让人高兴的事。现在我搬到了南郊的宇治，又用相同的眼神去看更往南的城阳。比起城阳，宇治离京都更近呢。我借此来安慰自己，维持内心的某种平衡。

“咦，你是在嵯峨长大的吗？真巧，我是龟冈人，我们挨得很近啊。”

倘若有刚认识的人这样跟我说，我并不会大动肝火，起码表面上还是会笑嘻嘻地跟他寒暄。但内心会有一丝阴郁的心情涌上来，根本按捺不住。

什么？你说龟冈和嵯峨挨得近？别开玩笑了，龟冈在山的那一头好吗？好歹嵯峨在行政区划上还算是京都市内，龟冈算哪门子挨得近？先搞清楚再说行吗？

这话我当然不会说出口，但类似的感情还是会不由自主地涌上心头。唯有在这一点上，我无法去苛责那些洛中的京都人，因为我有和他们一样的心态。我同样带上了那种令人厌恶的偏见，又将它转化成了一种傲慢。

我想苛责京都人的一点，是他们在我身上种下了歧视的种子。他们将嵯峨等洛外地区视为荒郊野岭，冷嘲热讽，并给我灌输了以洛中为中心的地理阶级意识，让我在不知不觉中同样成了瞧不起龟冈和城阳的愚昧之人。

我十分不喜欢这份深藏在心底的对龟冈和城阳的优越感，并厌恶这样的自己。我并不想被这种歧视观念束缚。因为长期居住在京都附近，京都人唯我独尊的思想给我造成了潜移默化的影响，并渗透进了日常生活。即便我的初衷是反对这样的差别对待，却在现实中被逐步同化。

就凭这一点，我认为自己有权利憎恨京都。是京都把我变成了这样一个不可理喻、戴着有色眼镜的人，是京都这座城市让人无法平等待人。如果我没有接触过京都人的话，或许腰板能比现在挺得更直，也能在稍稍拉开一点距离的地方欣赏京都的风雅。究竟我是该怨恨京都这座城市，还是该怨恨我这身为京都近郊人的宿命呢？在无解之中，我只能怀抱着这个问题，继续默默地生活在京都的近郊。

“秃子”和“胖子”

洛中的京都人向来轻视洛外人，还会时不时对他们抛出恶言恶语。在前文中，我把这样的行为视作一种歧视。可能有的读者觉得这大概还算不上“歧视”。调侃宇治和嵯峨的行为，在本质上和“歧视”大概还有距离，而我举出来的例子也没有“歧视”那么严重。

确实，在以消灭歧视为目标的人权研讨会上，应该不会探讨洛中洛外这类问题，也不会呼吁大家不要瞧不起嵯峨和宇治。那种地方讨论的应该是更深刻的人权问题。

相比之下，一般人会认为洛中人对嵯峨和宇治的鄙夷算不上什么罪大恶极的事情。虽然这种事不值得吹捧赞扬，但也不必小题大做。在我看来，贬低洛外的言论能够大行于世，就是这个缘故。不只是嵯峨与宇治，或是龟冈和城阳，东京人嘲笑千叶和埼玉，把名古屋视为 Joke Town（笑话之城）来调侃等行为，都在可以容忍的范围之内。

回到严肃的话题，近代化让社会阶级变得更加平等，逐渐不再允许恶意对待下层阶级的人，但人类一旦处在优越的境地中，内心潜伏的天性便会肆意作祟，生出践踏劣势种群的欲望。这是一种难以杜绝的原始本能。人们默认在某些无伤大雅的场合可以将这种本能释放出来，而且不会有人出面阻止。

比方说，虽然不好对身体残障的人说些什么，但是大家说起秃头者的坏话，普遍觉得是无伤大雅的，因为人们一般认为秃头不像残障问题那么严重。此外，因为禁止对身体残障者发泄负面情绪，这种情绪也会转而以秃头为发泄口。因此秃头的人成了大家公开嘲讽的对象，胖子和相貌不佳的女性也属于这种情况。

过于严重的歧视行为已逐渐从社会的表层消除，但人类产生歧视的心理本质上却没有一并消失。这样的心理一旦找到“轻度歧视”的突破口，或是遇上连“歧视”都算不上的小小的负面因素，就会肆意向外蔓延。秃子等群体饱受嘲讽的现状正是由此而来。

即便在现在的京都，也不允许对受歧视部落或是民族问题发表歧视言论。虽然偶尔能听到一些明知故犯的言论，但通常会引发强烈的反感，所以类似的言论一般情况下不会轻易出口。

正因如此，瞧不起洛外的言论更容易大行其道。把嵯峨称为乡下这种小事算不上什么罪过。从这个意义来看，嵯峨和宇治对于京都来说，就相当于人群中的秃子和胖子。

虽然在现实中，我大约真的开始出现秃头的征兆了……

洛中轻视洛外应该是自古以来的习惯，也是京都的传统之一。但我认为，蔑视洛外的情绪中，还有一部分来自于现代社会的推波助澜。这种带有偏见的京都观念，以及由此产生的社会结构，都是导致这种言论兴起的罪魁祸首。

“区区一个宇治人就别冒充京都人了”，“要是去了山科，东山就变西山了”，类似的论调开始出现在年轻一辈的口中，这恰巧是一种现代言论的缩影。这些当下比较常见的冷嘲热讽，其实隐隐透露着过往被歧视的历史。可以想象，在洛外人接受这些话语之前，下层阶级的人们所遭受的歧视是多么严重啊。京都果然很令人恐惧，真是个讨人厌的城市。

“上京”的老人们

我这个年纪的人在上小学三四年级的时候，都接受过所谓的“乡土教育”。我就读的嵯峨小学，那时候也教了我们各种关于京都的事情，目的是为了灌输京都是一个多么好的地方，是培养“情操”的绝佳场所。只不过各种有关京都的正面素材中，绝大多数仍然是关于洛中的内容，比如说西阵织、友禅染、祇园祭，还有从平安京开始的京都千年历史等等。有关我老家嵯峨的话题倒不怎么讲给我们听。

不管怎么说，通过这样的教育，我们这些人是被当作京都人培养长大的，并以祇园祭为傲。这种教育在我们心中种下了“自己也是京都人”的幻想。但是，这种幻想却被长大后遇到的洛中人轻易地打碎了——祇园祭是我们洛中本地人举办的祭典，和你们这些嵯峨的乡下人毫无关系。你们这些生活在洛外的家伙和我们洛中人之间，隔着像深渊一样黑暗的鸿沟。这话你们应该牢牢记住。

然而在学校的课堂里，是不可能教给我们这些的。我们这些住在嵯峨的人啊，其实就是纯粹的洛外人。不要妄想洛中的种种会与我们洛外有什么关系。学校从未教给我们那些关于洛中人生活的话题，只有他们自己才能满脸骄傲地畅谈洛中的种种。而我们这群洛外人应该早早看清这些才是。

要是早知道这些，我们这些洛外人再遇到洛中人的时候，就能少受很多伤害。然而像我这种在学校十分听话的孩子，面对自尊自大的洛中人，就没有培养出丝毫的免疫力。托这种教育的福，我直到成年以后，还是无法抹掉心中那深深的创伤。

提到这个，我想起嵯峨的老人们去市区前常说的一句话，

“我们上京去”。直到二十世纪六十年代，我还亲耳听到过这样的说法。记得那时我还是小孩子，听到后内心疑惑重重：嵯峨和京都在一样的地区，同属于一个京都，为什么嵯峨的人还要特意说“上京”？

但是现在来看，他们早就明白，自己这改不掉的口音正是出身嵯峨乡下、不可自称京都出身的证明。所以他们前往洛中的时候，都会特别向周围的人强调，我这是“上京”去。他们心里明白得很，嵯峨和京都是完全不同的两个世界。

他们不觉得嵯峨是孕育出西阵织和友禅染的京都的一部分，也不认为包括嵯峨人在内的洛外人有资格与洛中人共享祇园祭的热闹氛围。将整个京都府视为一体的教育方针，和现实其实是南辕北辙的。

杉本秀太郎先生和梅棹忠夫先生分别对我说过，“从前有嵯峨人来家里帮忙挑粪”，“嵯峨那一带的人说话口音怪怪的，经常被我们取笑”。在开口说自己要“上京”的嵯峨老人看来，这些话并没有什么值得置疑的地方，他们恰恰会觉得这是理所当然，是那些洛中大老爷说的，根本不用反驳。

但我却做不到这一点。对洛中人的高傲自大，我总是愤愤不平。气愤的结果就是奋笔写下这本书，这会让洛中人觉得，与过去温和的嵯峨老人相比，这一代嵯峨草民居然变得猖狂起来了。说白了，这表明我是在战后崇尚平等的教育中长大的新一代。在我的认知里，压根儿不存在一个地区有权歧视另一个地区的理由。每个地区的人都应该得到同等的尊重。这正是战后在民主主义国策下长大的一代所受到的教育。

对采取这种教育方针的学校，我并没有任何怨言。诚然，倘若先教导我们洛中洛外的差别，在人生中受到的打击也不至于这么严重。如果我一开始就了解洛中在文化上的优越感，就算后来听到京都人的挖苦和奚落，也不会感受到巨大的落差，变得心情沉重。

正因为接受了这种教育，我的心灵才会变得如此脆弱。被教导不能歧视他人，我却遇到了堂而皇之歧视嵯峨的人；从小被教导是京都的孩子，然后才发现自己其实并不属于京都。正是这种价值观与现实间的巨大落差，才让我的文字变得如此别扭，甚至带上了某种广度和深度——或许称之为瘴气或毒气更合适。这么说来，我弃理从文，正是始于意识到这个问题的那一刻。

如果我的作品在读者眼里有任何可读之处，想必也是拜这些洛中人的“副产品”所赐。当时饱尝的挫败感，正是支撑我写下这些不值一提的文字的原动力。屈辱的经历如今成了我宝贵的精神食粮。对于教授给我们民主观念的学校，我心中只有感谢，如果没有受过这样的教育，也不会在内心燃烧起反抗的火焰。

顺便，只是顺便一提，某种意义上我要感谢洛中人那让我屡屡受辱的唯我独尊的思想。原本我能以京都之子的身份长大成人，但多亏了洛中人扯我的后腿，再三提点我“你才不是京都人”，才有了今日这个性格乖僻、喜欢絮叨的老头儿。太感谢了！

这番言辞大概会让洛中人气得牙痒痒吧。但回顾成长经历，我何尝不是饱受来自洛中文化和洛中人的种种刻薄眼神？我这位作家就像是在繁华洛中的阴影中只发芽不开花的植物。希望他们能明白，我之所以有这些言行，全都是因为京都播下的种子——不不，是京都浇灌的肥料。

巴西的“KIOTO”

二〇〇四年，我在巴西的里约热内卢待了两个半月，在里约州立大学的日语系教授日本文化。巴西的官方语言是葡萄牙语。可惜我对葡萄牙语一窍不通，但不愧是州立大学的日语系，很多人都会说日语。这些朋友经常给予我帮助，又承蒙北原老师多方照顾，担任了我的翻译和导游。

里约有不少日本通，走在街上也会有人问我来自日本哪里。这时候出于无奈，只能回答我是从京都来的。在异国，我放弃了平日那种坚持向人解释自己是洛外人，其实算不上是京都人的习惯，因为给巴西当地人解释洛中和洛外的区别实在是太麻烦了。

读到这儿，有些洛中人士大概在骂我厚颜无耻了吧？你不过就是个嵯峨长大、住在宇治的家伙，跑到巴西去冒充什么京都人！我能想象某些京都人士操着一口优雅的方言说：跑到地球那一头去，就不用担心有人拆穿你的谎言了？就算只是暂时的，能自称来自京都，你也算心满意足了吧？

来来，让我告诉你们这群了不起的京都人：里约这儿有一家公司叫“KIOTO①”，是专业的除虫公司。这家以消灭蟑螂和白蚁为业的公司在里约可是自称“KIOTO”的。因为业务内容与生活息息相关，在里约本地无人不知、无人不晓。走在市区经常能看到这家公司的车，车上还写着大大的商标“KIOTO”。

家里饱受白蚁或蟑螂之苦的时候，里约市民便第一时间

① 从“京都”的罗马音 KYOTO 转化而来，也指京都。

给“KIOTO”打电话，他们会马上派灭虫专家上门服务。印着大大的“KIOTO”的小型货车停在因虫害焦头烂额的客户门前。治虫专家走下车来，站在客户家门口说：你好，我们来自“KIOTO”，消灭蟑螂的事儿就包在我们身上了。

当地人对这家公司上门打招呼的套话相当熟悉。所以当我自报家门说来自“京都”的时候，经常会引来他们一阵笑声。我口中的“京都”让他们联想到消灭蟑螂的“KIOTO”，这就是他们发笑的原因。洛中人无比自豪的京都名号，在里约市民的印象中，第一时间联想到的却是蟑螂等害虫。

即便是遇到自称来自“京都”的日本人，他们也难以抑制这种自然的联想，这种内心的小小波澜清清楚楚地写在脸上。他们的笑容证实了一件事情，就算是自尊自大的京都人来到此处，也要被迫沦为和蟑螂同等的联想对象。或许这种贬低京都的说法令我十分开心，我逐渐不再抗拒自我介绍的时候说“我来自京都”了，甚至会抢在别人询问前就开口。

因为我实在太想看到他们听见“我来自京都”的时候，那联想起蟑螂而发笑的样子。什么？来自“京都”(KIOTO)？是那个消灭蟑螂的公司吗？那表情真是令我百看不厌啊。这就是我屡屡冒着被人误会冒充京都人的风险，这样介绍自己的原因。

或许会有读者质疑，这个“KIOTO”真的是指日本京都吗？会不会在葡萄牙语里有别的意思？但事实上，“KIOTO”在葡萄牙语里除了指京都这个地名外，并没有其他含义。这个单词只有一个意思，就是指日本的京都。

“KIOTO”公司还有一个吉祥物。从外貌上来说，它长着一张让人很容易联想到东亚人的脸，龅牙细眼，穿着类似柔道服的服装，是典型的东洋风格造型。不仅外观如此，这个吉祥物上还写着疑似汉字和片假名的文字。基本可以断定，它刻画的不是日本人就是日裔。

这家公司在货车和宣传海报上印的“KIOTO”，字体也是东洋风格。我实在无法认为它的名字有京都以外的寓意。从这些构成要素来看，他们的确是拼命想营造出一种异国的京都风情。货车上印的“KIOTO”字样旁边，还画了蟑螂和白蚁的图案，仿佛这几个字母被一群害虫团团包围着。

“KIOTO”的商标带领着蟑螂和白蚁等一群害虫大军，奔驰在里约的大街小巷。毋庸置疑，这个“KIOTO”就是有上京区和下京区的那个京都。

巴西还有家公司叫阿姆斯特丹，是一家珠宝公司。也有公司叫哥本哈根，以巧克力甜点闻名于世。阿姆斯特丹卖珠宝，哥本哈根卖巧克力，然而我们的京都，却是和蟑螂白蚁打着交道。阿姆斯特丹和哥本哈根，究竟又和京都有着怎样的不同呢？

巴西人眼里的日本

在里约生活期间，我曾经拜访过“KIOTO”的总公司。明明是个除虫公司，为什么要取这样的名字？我百思不得其解，最终还是选择了登门拜访，希望能把个中缘由搞明白。关于这件事，我曾经在别的书中提起过（《秃子、比基尼和桑巴之国》，2010 年）。

没错，在那本书中，我提到这次登门拜访完全是出于强烈的对故乡的爱的驱使。身为一介京都府民，我内心一隅被这家公司的名字给刺痛了，所以多多少少有一点希望他们改掉公司名字的情绪。

事实上，我心中更强烈的愿望，是想挫一挫洛中人那用鼻孔瞧人的傲气。难道说这家公司是从“京都”的地名里感受到了某种和防治害虫相关的意境，才选了这个名字？为了给京都人来个致命一击，我的复仇心理甚至超过了对故乡的情怀，驱使着我去追查隐藏在这个名字背后的真相。

在前面提到的那本书里，我还是隐藏了这些真实想法。或许因为那个时候，我还没有把内心所想全部公诸于世的勇气。那时的我，多少还是慑于京都的威严。

不过写那本书的主要目的是为了把巴西的现状告诉日本，而不是剖析我心中潜藏的对洛中洛外的爱与恨。因此，我记得在那本书里，为了更好理解，我还是选择了更为简单直白的描述方式，搁下心中理不清的复杂情绪，主要以故乡情怀为切入点。

但这一次，我决定不再逃避内心的真实想法。一个巴西人，身为防治害虫公司的经营者，为何会觉得“京都”这个名字符合他们公司的定义？如果把这个理由搞清楚，我就能多拿到一点让京都人不爽快的资料了。毕竟我身为京都府民已经不甚开心，洛中出身的京都市民大概会更加愤怒。抱着这样的想法，我去了“KIOTO”的总公司。

很可惜，即便造访了总公司，我还是没拿到什么有趣的把柄。选择“KIOTO”作为公司的名字，其实是来自一段佳话，真是让人大失所望。读过前面那本书的朋友大概已经知道真相了，“KIOTO”这个名字的由来其实是这样的。

二十多年前，有个日本人传授给了公司的创办者圣保罗一种除虫药的配方。依照日本人的指导做出来的除虫药效果极佳，此后这种药品成功地开始批量生产，公司的业绩蒸蒸日上，就这样一直延续到今天。“KIOTO”的名字就是为了纪念这个传授配方的日本人而取的，因为在葡萄牙语里，“KIOTO”这个词听起来就非常日本味，所以才选了它当公司的名字。

为了慎重起见，我要在这里强调一下，我在“KIOTO”的总公司里没有看到一个日裔。公司的高层基本由西方人构成。“KIOTO”这家公司并没有日裔对民族性的坚持，反而充满了西方人对东方异国的种种臆想。“京都”是作为日本的代名词被选中，这种理由并不会让京都人的心灵受到创伤，反而会成为让他们扬扬得意的一则佳话，所以我才如此感慨，这次采访真是令人大失所望。

不过除虫公司名字的话题还没有结束。在里约停留的最后一天，我又发现了另一家除虫公司。规模虽然没有“KIOTO”那么大，知名度也没有他们高，但是那家公司的名字同样表达出了誓与蟑螂白蚁战斗到底的势头。

在街头一角贴着的海报上，我发现了那家公司的名字“TOYAMA”，多半是来自于日本富山县的“富山”。只可惜发现的时候我已经要动身离开里约，没有机会前去拜访考证。搞不好这家公司也是从日本人那儿学到了除虫药的配方。

在巴西期间，我曾有机会到访圣保罗，询问当地人生意做得最大的除虫公司是哪一家的时候，一个巴西人告诉我，应该是一家名叫“NAGASAKI”（长崎）的公司。还有人说，他们家经常请一家叫“OSAKA”（大阪）的公司来除虫。

看来在巴西，日本地名广受除虫人士喜爱，“KIOTO”只是其中一例，单单调查“KIOTO”这一家公司是不能说明什么问题的。不过我至今还没搞明白巴西这类公司究竟为何如此热爱日本的地名。

总而言之，这是一个日本在全球化时代的问题，不适合放在关于讨论京都的内容里。不过那个被蟑螂和白蚁包围的“KIOTO”商标给我留下了难以磨灭的印象。姑且把它当成是饭后谈资，在这里简单说上几句罢了。

第二章 和尚与舞伎

究竟是艺者，还是艺子？

旧时，凡是有点规模的城市，都有繁华的花街柳巷。应邀到料亭接待客人的艺伎打扮得花枝招展，在街上款款而行。这曾是全日本的醉客都很熟悉的景象，但现在请艺伎来陪酒的男客已经比从前少得多了。想找年轻女子接待的男士，都去光顾有女公关的酒店或是夜总会。靠三味线和日本舞蹈来装点宴席风情的艺伎已经不太能勾起现代男士的兴趣了。

事实上，到了二十世纪中后期，日本许多城市的花街从业者已经纷纷转行，其中也包括艺伎，所以现在连艺伎的身影也难得一见了。就连首都东京的花街也逐渐没落，目前仅剩下向岛和神乐坂一带还保留了一些。

至于京都，与全盛时期相比，不可否认也同样是每况愈下。

但想想全国的花街都处于低迷状态，京都已经算是在努力地维持。只要前往祇园一带，依然能经常看见艺伎在路上款款而行的身影，还有机会遇到年纪尚小的舞伎[1]。看看她们，就知道依旧有新人陆续投身这个世界。与只能偶尔看见年老艺伎的城市不一样，京都的花街一直保持着青春和活力。

现在的日本，在外面看见艺伎或者舞伎的机会已经相当罕见了。因此观光客一遇上她们就会上前围观，并要求合影留念。她们也会在时间允许的时候尽可能地给予配合。但有些艺伎和舞伎被外国观光客包围时会不知所措，有时甚至还会被外国人伸手触摸。花见小路一带搞不好被外国人当成了日本花柳文化的主题公园。穿和服的艺伎在他们眼中大概就像是游乐园里的吉祥物。

看到被外国大叔纠缠的艺伎，我深表同情。就算艺伎跟他们说“请不要摸”，他们大概也听不懂。然而这群姑娘又不能摆出生人勿近的表情转身就走。虽然事不关已，但这一幕看上去总是让人生出几分同情。当然，里面搞不好也混着假装成外国人的日本大叔。

我猜，大多数外国观光客都把京都的“艺子”（geiko）当

---

① 舞伎是艺伎在见习阶段的名称，主要在宴席上以日本舞、乐曲、乐器等表演助兴。

成了“艺者”(geisha)，在他们的对话中，经常能听见“艺者”这个词。关西人惯用的“艺子”一词最终还是没能推广到全世界。无论是英语还是法语，收录的都是关东的“艺者”这个词语。

在这里简单说明一下艺子和艺者的不同。以前在宴会上表演才艺和娱乐客人，原本都是男人干的活儿。无论在江户还是京都或大阪，这些人都因为身怀才艺，被称为“艺者”，擅长武艺的人则被称为“武艺者”。“艺者”这个词正是由此而来。

从十八世纪中期起，女人开始在宴会上服侍客人。特别是在京都一带，为了将新登场的女性与男艺者加以区分，就称呼这些女性为“艺子”。随着男艺者逐渐退出历史舞台，现在只剩下女性的艺子了。因此我们说的艺者，原本指的是现在已经看不到的历史上的男艺者。

然而在江户，新加入的女子因为是女性艺者，所以被称为“女艺者”。原本的男性艺者则改称为“男艺者”。男艺者这个行当渐渐衰败，只剩下女艺者活跃在宴会上，所以用原本的“艺者”来称呼女艺者的说法就逐渐普及开来，最终成了女艺者的代名词。

总而言之，把女艺者简称为艺者的只有江户时期东京的花街，京都大阪这一带还是称这些女性为艺子。

近代日本是通过江户的东京政府来与世界对话，这也是传播到世界上的是“艺者”而不是“艺子”一词的原因。京都是十八世纪以后花柳文化残余最浓重的都市，为了表达敬意，原本希望外国人至少在京都的时候称呼这些女性为“艺子”。即便如此，来自全世界的人还是把她们当成了“艺者”。从这种小细节上就能看出，实际是位于东京的政府主导了日本文化的国际化潮流。

顺带一提，“艺伎”是艺者与艺子的总称，有时也被用作官方的正式名称。比如说过去曾有“艺伎管理规则”这样的法规名称。但现实生活中，很少在花街听到有人把“艺伎”一词挂在嘴边。不过这个词有个优点，就是无论在关西还是关东都可以平等使用。比起写成“祇园的艺者”来说，写成“艺伎”总要更像回事。要是觉得“艺伎”二字太过严肃的话，还可以在右边用小小的字标上读音“geiko”。

只可惜，“妓”这个汉字指的是女性，无法连江户时代的男性艺者也一并包含进来。[①]

---

① 日文中的“芸妓”一词，翻译成中文为“艺伎”。此处指日文原语“芸妓”。

遥远的和服与电影时代

现在几乎找不到依旧繁荣的传统花街了，还算热闹的，大概只剩下京都、金泽和博多的花街。偶尔会听到有人说，京都的花街之所以繁荣不败，是因为很多大学教授常去寻欢作乐。也有东京的媒体人偷偷跑来问我，像京都大学这种学校，是不是有很多教授喜欢去花街寻花问柳？

从人口比例来看，京都的大学和研究机构的确相对多一些。但以一个普通研究者的工资水平来说，平时想把钱花在艺伎身上，实在是有些囊中羞涩，所以认为是学术圈这个社会阶层撑起了花街是毫无道理的。顶多是个别教授学者喜欢逛茶屋请艺伎罢了。

要是按战前帝国大学时代教授的待遇来算，或许还有些学者能扮演支援者的角色。比如像九鬼周造[①]那样从祇园直接到京都大学上班的教授。但即使是当时的大学中的学者，恐怕也难以撑起花街经济的半边天。

要说在祇园和上七轩[②]大把大把撒钱的老主顾，和服商才

---

① 日本哲学研究者，1935年起任京都大学教授，直至逝世。代表作有《西洋近世哲学史》《偶然性问题》等。

② 位于京都上京区的花街。

算得上是数一数二的。西阵与室町的财主老爷才是让云集了各色艺伎与舞伎的花街欣欣向荣的正主。华美的京友禅和服，有些也是做和服买卖的老爷们惦记着哪位艺伎姑娘才设计出来的。我瞧上眼的姑娘要是穿上这身衣服，那该多美啊——因为沉浸在这种想象中，才诞生了许多精美的和服。从这层意义上来说，艺伎在当时也有类似时装模特的作用。

虽说如此，如今的和服产业可是大不如从前，相关产业已日渐落寞。西阵地区的和服产业严重衰落，整个室町地区萧条了许多，百货公司和服卖场的面积和规模都在不断缩小。这个产业今非昔比，已经没有足够的能力支撑起今日的花街。支撑花街的还有另一个不可欠缺的圈子，那就是电影圈。

京都曾是培育日本电影的一大据点。电影人云集的太秦地区曾有一段时间被称为“东方的好莱坞”。当时大红大紫的明星会在这一带兴建豪宅居住，许多明星在花街一掷千金的故事也成了传奇。像市川雷藏和胜新太郎[①]包下所有艺伎的传说最为人津津乐道。据说明星之间暗地里还会相互较劲，看谁举办的宴会最奢华。不过时至今日，这些也都成了过眼云烟。现在的太秦早已物是人非，甚至无法想象祇园和上七轩里京

① 市川雷藏和胜新太郎都是当时非常受欢迎的演员。

都的电影人高朋满座的场面。

跑个题，太秦的古装电影有时候会去附近的嵯峨拍外景，大概是觉得嵯峨一望无际的田园风光很适合作为古装剧的背景。电影人在荒僻的嵯峨仿佛看见了江户时代的世界。

我刚懂事那会儿，嵯峨偶尔也会成为古装剧的外景取景地。古装剧《远山金四郎》就在我家附近的大觉寺举行过“审判”，《水户黄门》一行同样在我家附近的广泽池拍摄过旅行场景……我有很多这样的回忆。电视画面中的嵯峨风光令我深感骄傲，觉得自己住在一个非常特别的地方。嵯峨的农民经常来我家挑肥，嵯峨人讲话阴阳怪气——长大后听到洛中人用这种话来贬低嵯峨，逼我认清自己是一个来自乡下的土包子。读者朋友们，你们能了解这给我带来了多么巨大的心灵冲击吗？我曾经生活的地方是一个能感受到大银幕光辉的场所，是一个有明星定居，就像比弗利山庄一样的地方，洛中人却把我这点骄傲生生击碎了。

一些洛中电影爱好者会得意扬扬地吹捧往日的太秦，我也遇到过主张日本电影的基础是京都的太秦打下的人。每次听到类似的言论，我的内心都会忍不住暗潮汹涌。京都的太秦？也好意思说，明明心里根本没把它算在京都里面……

但现在这类影片也逐渐陷入瓶颈。众所周知，日本电视界还流行过一阵古装剧，但现在除了国营的 NHK 还在坚持制作以外，其他民营电视台基本已经不再拍摄古装剧了。这样的影视圈，实在无法像过去那样支撑起花街的繁荣，就和纺织业一样，早已经退出了花街支持者的位置。

传统和服开始滞销，以发髻和武士刀为卖点的古装剧也不再受观众的欢迎。尽管时代的大潮流如此，京都的花街却勉强延续着生命。在数寄屋[①]样式的建筑里，一身和服的艺伎或舞伎配合着三味线的旋律轻快地起舞。这种与现代似乎有些脱节的传统风景，在京都这座城市中却得以留存下来。

从某种意义上来说，这也是一种小小的奇迹。在大部分花街都走向衰亡的今日，为何京都艺伎和舞伎的世界却得以继续存活呢？这是我自己想要解开的一个疑惑。

艺伎与秃和尚

事先说明，我并非花街的常客，去茶屋受到艺伎接待的事儿，最多三四年一次罢了。接下来要谈论的，只是基于参

---

① 茶室式的日式住宅，是一种空间规整，讲究实用的田园住宅，以不涂漆不装饰为特征，意境古朴高雅。

加过几次这类宴会的实际体验。

我已经不记得第一次发生在何时何地了，大概是二三十年前，我第一次在祇园的料理店吃饭时的事儿。时间过去许久，记忆太过模糊，详细情节记不太清了。不过那时在吧台看到的一幕，至今仍然鲜明地刻在我的脑海里。

临街吧台的坐席上坐着几名僧侣模样的人，他们身着僧服，如果是内行人来看，估计一眼就能瞧出是哪个宗派。但我没那个识别能力，怎么也搞不清他们是哪个宗派的。总之就是几个和尚模样的人穿着僧衣，也不避嫌，就那么大大方方坐在那儿。当然，令我惊奇的不仅仅是这几个和尚，而是他们身边还有几名打扮得花枝招展的艺伎，她们与和尚交错而坐，并排坐在一起。

我亲眼见到的这件事并不是发生在提供艺伎包场服务的传统茶屋，而是在一般的日本料理店里。开门的一瞬间，这个令人惊愕的画面便映入我的眼中。在座的几位僧侣一副毫不顾忌世人目光的做派，在众目睽睽之下兴致勃勃地和艺伎们打情骂俏。在门口目睹这一切，我立马从眼前的景象想到了百人一首的“翻和尚”①游戏。小姐、和尚、小姐、

① 百人一首花牌的一种玩法。翻出来若是男子，就能将牌占为己有，若是和尚，会失去全部的牌，若是女子，又会得到失去的牌，牌多者胜。

和尚……这样相互交错的花牌顺序浮现在我的脑海中。

话题先岔开一下，我一直认为用百人一首花牌玩“翻和尚”是对僧侣非常不敬的游戏。在游戏规则中，抽到和尚图案的牌，就要把手上现有的牌全部丢掉。所以抽到和尚的人都会十分生气地大叫：“怎么又是和尚，运气也太坏了！”

这种游戏实在不像是一个崇敬佛教与僧侣文化的民族发明出来的。如果换作东南亚一带的佛教国家，这种游戏绝对不可能出现。在基督教世界，也不可能出现这种嘲讽神父或牧师的游戏。我认为日本人对神职人员的蔑视，要比其他民族更过分。“翻和尚”这个游戏始于明治时代之后，至于它的诞生背景，我也不是很清楚。但自从瞧见了坐在吧台边的艺伎与和尚，我几乎是反射性地联想了一下，那个游戏搞不好就起源于眼前这种景象。

在京都，身披袈裟的僧侣和艺伎们堂而皇之厮混在一起不是什么新鲜事，之后我又目睹过几次类似的场面。在我屈指可数的茶屋体验中，也从陪同的艺伎口中套到了话：和尚大人可是很好的客人。

艺伎们操着一口柔软的京都方言说：“不管是哪个宗派的师父都常来光顾，也很会逗我们开心。他们并不介意穿着袈裟光临，应该是觉得没什么好愧对世人的吧。”

此外，三井寺的某位僧人也跟我提到过：“不管是祇园还是先斗町，都是靠我们撑着的。要是我们都不去光顾的话，大概那些供养艺伎和舞伎的店家都要关门大吉了。”

我不知道这些话是不是该全部相信，毕竟没有关于到花街游玩的客人职业的统计数据，很难做出正确的分析，更无法搞清僧侣们的花费到底占了多大比例。不过最重要的一点，还是有僧侣敢公然声称他们才是支撑起花街的大主顾。既然有这样的自负，也没必要为了穿着僧服去花街感到羞耻了。即便是被信徒撞见了找艺伎的场面，肯定也是一副理直气壮的神情。

我也向前面提到的三井寺僧侣询问了僧服的事儿，他告诉我一件趣事：

“我还挺喜欢夜游的，在东京也经常去喝酒。上次我穿着一身僧衣跑进银座的俱乐部，结果小姐和客人都一脸惊愕地看着我，我才明白自己疏忽了：糟了，这可不是在京都，是东京啊！”

后文也会提到，京都僧侣的夜游之处不仅仅只有传统的花街，他们也会去夜总会。他们会穿着袈裟，跟一身小礼服、香肩半露、玉臂横陈的夜总会小姐嬉戏。京都的夜总会里出现穿着袈裟的僧侣就是如此自然，根本不会有人为他们的装扮感到吃惊。

但是在其他地方，比如前文提到的东京，穿僧服去这种地方就显得有些怪异了。人们会认为这种打扮不该到那类场所去，而这些沉迷于京都夜生活的僧侣，有时会忘了京都以外的常识。即便是在外地，也会忘了换下京都作风的袈裟，搞得店里的气氛瞬间降至冰点。

但即使是京都的僧侣，也不会只穿袈裟去夜店，他们会换上便服去夜游，多半和普通人一样，穿西装系领带前往茶屋或夜总会。要是给读者造成本地和尚总是穿着袈裟去夜游的误会，麻烦可就大了，罪过罪过。大家要理解，他们只是出于各种理由，有时会身着袈裟去茶屋而已。京都的店家们已司空见惯，即使看见了僧衣打扮的客人也不慌张。我想强调的是，京都的僧侣让店家也习惯了和尚会来光顾，仅此而已。千万别误会了。

即使在京都，也不是那么容易碰上艺伎与和尚在一起嬉戏的景象。如果来京都观光旅游的时候碰上这种情况，权且当成走了大运，或是遇到了特别有趣的事，是可以回去当茶余饭后谈资的珍奇光景。我在这儿替总有一天要帮我处理人生最后一件大事的高僧谢过各位了。

诱人的迷你短裙

花街是日本传统文化的栖息地，无论是传统舞蹈还是传统音乐，都在这里得以存续。和服与传统发式也保留得很好，虽然艺伎戴的基本都是假发套。传统建筑数寄屋也维护得很不错。从这些角度来看，说花街成了传统文化的保护场所也不为过。

毕竟，公家的文化遗产保护机构不可能公然维持花街的存续。即便我用“深入调查花街柳巷中流传下来的日本文化”这种说辞申请科研经费，也不会有任何机构回应我的请求，“谁会给你出钱上花街玩啊！”

花街柳巷也从未期待过能从公家那里得到什么资金支持。除了京都等少数地区，每个城市的花街都日渐凋零，随着传统舞蹈和传统发式逐渐从日常生活中消失，花街再也无法重现往日风华。

另外，将日本传统文化保存至今的，除了花街，寺院也起到了很大的作用。

事实上，许多寺院建筑在改建的过程中，逐渐融入了日本建筑的传统样式。继承了老手艺的木匠们如今也能在寺院建筑中发挥他们的本领。泥瓦匠们也是如此。可以说寺院极好地延续了正统日本庭园的传承。

就连僧侣日常身着的僧服，追根溯源也是传统和服的一部分。经文和唱诵的历史也传承了千年以上，直至今日依旧保存完好。梵钟和木鱼同样是古时留下的产物。还有剃发的习俗，虽然许多宗派已经不再严格执行，但终究是自古延续至今的清规。

京都许多宗派的本山名刹还遵循着上述各种传统。也许正因为僧侣生活在这样的寺院中，才格外倾心于古色古香的花街。寺院和花街在历史发展的过程中有过类似的经历，或许产生了这种共鸣，穿袈裟的和尚才自然地去接近穿着和服的艺伎们。

无论如何，如果僧侣不再光顾这些地方，京都的花街也会一并消失在时代的浪潮中。那位大胆宣称“花街是靠我们支撑”的僧侣的说法也不容小觑。官方的文化遗产保护机构无法插手花柳文化，就只能靠寺院的力量来支撑了。从这个角度看，出没于花街柳巷的僧侣不由得令人肃然起敬。

有次我借着酒意，将这些多少涉及花街阴暗面的言论透露给了某间茶屋的老板娘。老板娘听了以后，虽然在某些问题上也赞同我的话，但也没少反驳我的观点：“你方才讲的这些，说起来已经算是过去时了。最近的和尚嫌穿和服的艺伎和舞伎太拘束放不开，都不怎么光顾我们这儿了。他们说，还是那些穿着迷你裙的夜总会小姐让他们轻松自在。”

她这么一说，我想起好像确实见过类似的场景：一家小而精致的料理店中，身着僧衣的年轻和尚和夜总会小姐同桌共坐，正在享用为时尚早的晚餐。由此推测，这共进晚餐的一幕多半是小姐上班前的约会，接下来她就会带着年轻和尚去她工作的夜总会了吧。

正因为亲眼目睹过这样的事，我无法反驳茶屋老板娘的那番话。看来在僧侣的世界里，价值观也在逐渐西化。在这个与时俱进的时代，比起艺伎身上的和服，夜总会小姐身上的迷你裙更讨和尚欢心。

我也经常听说家里有寺院的僧侣，更希望让女儿去读由基督教会开办的学校。儿子要继承寺院，所以要上可以取得僧侣资格的佛教学校，但对于女儿，却更倾向于让她们上那些专门培养传统大小姐的教会学校。这种僧侣家庭的教育方针，在某种意义上与喜欢迷你裙的癖好有共通之处。

在这样的时代，到底是谁在支撑着由艺伎们编织出来的花柳文化呢？或许该感叹，幸好到访京都的外国观光客日渐增加。近几年，来京都寻求日本风情的游客急速增多。或许花街的未来就掌握在他们的手中。

忘却了男人的僧侣

比叡山的僧侣 K 在关西地区是个名人。他经常参加一些在阪电视台[①]的评论节目，探讨社会现状和社会问题。虽然最近很少在电视上看到他，但是上年纪的关西人大概都知道：啊，说的是那个人吧。

大概是二十世纪末或二十一世纪初，具体时间我不太记得了，到底是哪个电视台的什么节目，也没有太深的印象。唯独有一点让我印象深刻，K 在一个节目上信口开河。那应该是 K 为观众解答人生问题的小单元，一名女观众提问说，自己爱上的人是个同性恋，不知接下来该如何是好。K 满面怒色地回答道：

"就不该继续和那种男人打交道！男人爱女人、女人爱男人是天经地义的事儿。男人和男人相爱，那是邪门歪道！赶紧分手！"

这番赤裸裸地歧视同性恋者的言论自然引来了观众的诸多抗议，认为他侵犯了人权。事后电视台是如何应对的，我同样不太记得了，只记得这番言论的确引起了一场不小的风

① 指总部在大阪地区的电视台。

波。这次事件之后，K 上电视节目的次数明显减少了许多，不不，大概此后他就没在电视上露过面。无论是什么情况，K 这种明显憎恶同性恋的发言，成了他人生路上的绊脚石。

本书并不打算深入探讨什么是同性恋、该如何正确评论和看待同性恋。这是个非常重要的议题，但很遗憾并不在本书的讨论范围内。不过 K 的发言涉及的历史认知问题，我却不能视而不见。我打算针对这一点，从正面进行剖析。

“男人喜欢男人是违背人伦的邪门歪道”，身为比叡山僧侣的 K 在电视上如此断言。回顾一下历史就知道，在过去，比叡山男性僧侣相恋的情况并不少见。有天台座主[①]坐镇的比叡山可谓是男色的大本营。诸多有学问的高僧在这里与年轻僧侣上演爱恨情仇的戏码，是一所不折不扣的“学院”。

这些被誉为当代最有智慧的男人们，在那个时候也曾彼此相恋。对于拥有这种历史的比叡山，K 又作何感想呢？他是真心认为天台宗的先人们也是悖离人伦的异端，真心想与他们划清界限吗？

我想大概并不是这样。K 和他身边的僧侣们，早已忘了那段历史。即便知道有这样的过往，大概也不会生出什么真

---

① 指日本天台宗的总本山比叡山延历寺的住持，总领天台宗的各个寺庙。

实感。现在的比叡山聚集着公然表态“祇园和先斗町都是靠我们撑起来”的僧侣，这样的大环境也是导致K在公开场合说出那番言论的原因之一。

日本僧侣是在何时，又是如何抛弃了那段过往，转而沉迷于女色的？现在我还没做好揭开历史全貌的准备。不过到了现代，连日本僧侣都把女色视为天经地义，甚至还有僧侣面向大众宣称“男人就该喜欢女人”。

东南亚信奉佛教的国家，对于日本的僧侣可以有家室一事都感到匪夷所思。我也遇到过把“日本的僧侣为何能有家室”作为研究课题，为此专门跑来日本的研究者。每当与这类研究者共事，再想起看到过那些和艺伎玩得开心的和尚，我就有些打退堂鼓。真想给他们提个醒：“别因为和尚能结婚就吃惊，真希望你们去瞧瞧那群身披袈裟，却混在充斥着俗人的夜店俱乐部的和尚。还有那个完全不在乎世人眼光，大庭广众之下和夜总会小姐吃饭的和尚，也十分值得一见。”只可惜，我最终还是选择闭口不言。

在我的内心深处，总觉得向外国人揭露日本和尚的这种生态令人十分羞愧，特别是面对千里迢迢来到日本的留学僧时，更是愧疚不已。倘若外国留学僧在憧憬的京都街头遇到这种酒肉和尚，不知会作何感想？虽然轮不到我来道歉，但一想到这里，还是让我无比羞愧。

不过，或许应该重新考虑一下这个问题。日本的宗教神职人员在维持高水平的状态下完成了集体世俗化的转变，从超出现实的宗教信仰中解放，步入近代化进程。从这层意义上来说，京都的僧侣可谓是领先世界，甚至遥遥凌驾于欧美之上。虽然这番话有些破罐子破摔的意味，但反过来说，这的确是唯一一点值得吹捧的地方了。

众所周知，过度的信仰往往容易带来恐怖主义。相较之下，穿着僧袍和艺伎玩乐的京都僧人们，说不定反而能给人们带来希望。或许只要像他们一样沉溺于享乐之中，信仰就不会走向极端。这种说法听起来很奇怪，但至少不会因为过度的崇拜而引发争端。

总归会有人对京都这些和尚与小姐厮混的情景感到愤慨，但这只能算是一种因为过于自信而引发的小小争议，而且防止了宗教纷争的发生。或许我们可以把这种风花雪月视为和平的象征，大力向国际社会宣扬，而不仅仅是一味地尊崇千日回峰行[①]的伟业。

附带一提，世俗社会崇尚的回峰行，在比叡山倒不那么

---

① 日本佛教的修行方式，即在七年的近一千个日子里，每天都要拜遍比叡山和京都的二百七十余处佛教圣迹。

受到重视了。虽然它的历史意义十分重大，但现在基本已被视为一种接近于体育比赛的活动，追求的更像是大学时代赢得棒球比赛或长跑接力赛时的那种荣耀感。

实际上，即便完成了回峰行，想靠它在天台宗的世界里出人头地也基本不可能。

直到厌倦女色的那一天

京都有许多投身佛教研究的人，其中多半拥有僧籍，也有少量并非僧侣的人士。有固定宗派的僧侣多有偏袒自家宗派的倾向，而以俗家人的身份来做研究的学者则多半能以较为公平的立场看待各宗派。这些世俗派的学者有时会对现实中的教团持反对意见，他们认为自己想搞清楚的是佛教的思维方式和理念，实际管理寺院的僧侣的内心，并不在他们关注的范围内。

也有一些与宗派毫无干系的研究者断言，这些僧侣内心真正的所思所想绝大多数和佛教无关，拿他们的言行来批判佛教，是张冠李戴的行为。寺院和大多数僧侣的行为规范并非依据佛教的经典教义，至少不是我们心中定义的佛教，而是别的东西。

这类言论，确实很难从隶属于某个特定宗派的研究者口中听到。难道没有僧籍、远离僧众的人，才能冷静客观地评价日本的佛教问题吗?

不过，听到此类批判性的言论，又忍不住想替这帮花和尚辩解两句。他们好歹也是按照自己的生活方式在佛道上修行,无论是每周都参加联谊的僧侣,还是在神户有情人的僧侣,都脚踏实地地在精进自己的佛学造诣。

大家都知道，佛教的开山始祖释迦牟尼原本是释迦国的王子，年纪轻轻就已成家，并且坐拥后宫佳丽三千。每逢进入阴雨绵绵无法外出的雨季，即便王子本人不情愿，也不得不生活在女眷围绕的环境里。每天晚上的侍寝对象任他挑选，不单如此，还有许多想怀上皇嗣的姑娘投怀送抱。身为王子的释迦牟尼厌倦了这种生活，也受够了女人。这种想法日益强烈，他最终选择舍弃国家，只身一人来到荒野，沉浸于冥想之中。这或许就是释迦牟尼决心出家的契机。

佛教始终摆脱不了厌恶女性的印象，即便今日的佛教界想要粉饰这一点，也依然成效不佳。我认为佛教在本质上就是一种以男性为中心的排斥女性的宗教，这种情结追根溯源，也许是来自创立者早年那糟糕的体验。

如此一来，也许可以推导出这样的理论：要理解释迦牟尼的思想，就必须有丰富的情史。唯有彻底经历过，甚至到了厌倦的地步，才可能成为真正的出家人。不识女色的男人无法懂得那种绝望。为了尽可能地去接近佛祖的境地，就要亲身去后宫般的环境里体验人生。

京都的僧侣就是怀着总有一天会厌倦女人的心愿，出入花街柳巷，徘徊于夜店酒场的。遗憾的是，我却无法抛弃女色，无论如何都对小豆小姐念念不忘，或是被明美小姐的笑容抚慰。啊，不行，是我对女性的认识还不够彻底，距离佛祖当年的境界还太遥远，所以必须加倍努力，去更多的地方，见识更多的女性。

如果京都的僧侣都是抱着这种想法流连于花花世界，那就表示他们多少还有一些身为佛教徒的志气。不过……这大概是不可能的。我想他们只是沉迷于世俗欲望，迷失在了茶屋或俱乐部里。

从我这里听到释迦牟尼对女性敬而远之的故事后，一名僧人说："这个理论真不错。这代表我们正在追随佛祖的脚步。晚上出去花天酒地，其实也是一种修行啊。"他们丝毫没想到要学习释迦的志气。

其实这么洋洋洒洒一大段，都是我在了解佛教学者的批判后生搬硬造的歪理。因为若是不这么解释一下，每日夜游不归的僧侣们与俗人根本毫无二致。

接下来跑题一下。京都这个地方还保留着大量的旧书店，可惜看上去不如东京的。每当我走在东京神田的神保町一带，就觉得京都的那些旧书店跟人家比，实在是望尘莫及。不过若单论佛教书籍，京都倒是不输给东京。

京都是各个宗派本山云集的佛教之都。从这一点来说，京都还维持着作为宗教首都的职能，因此与佛教研究相关的知识储备也相当丰富。我认为如果要在京都做学问，最好的选择就是研究佛教。

京都的佛教学者，哪怕不隶属于任何宗派，或多或少都会蒙受来自寺院的恩泽，并仰仗着京都寺院这严谨的知识环境进行研究。这样的学者其实没资格瞧不起那些花和尚。前面说到的关于释迦牟尼出家前的后宫的歪理，有一部分就是出于这样的心态杜撰出来的。

舞伎大显身手

前文提到，京都拥有佛教各宗派的“本山”，各家寺院都期待京都能充分发挥宗教首都的职能。不过京都的首都地位并不仅仅局限于佛教界，在花柳界也同样如此。特别是东京的花街日渐衰落之后，愈加显出京都作为花街重镇的地位。

本章开头提到，可以经常在京都见到艺伎和舞伎。花街附近常有她们的身影翩然而过，与其他城市相比，能亲眼看见她们的机会自然高出很多。我也一直觉得，京都是艺伎特别是舞伎们独领风骚的城市。直到如今，我都无法忘却在泡沫经济最严重的时代亲眼见到的一幕光景。

回顾一下二十世纪八十年代泡沫经济时期的电视专题节目，经常出现迪斯科舞厅的舞台。朱莉安娜东京舞厅的舞台更是不断地在电视上播放。这种舞厅的舞池中央通常设置一个较高的舞台，对相貌颇有自信的女性会跳上去疯狂热舞。她们穿着迷你裙和大胆暴露的服装，完全不在意下方投来的视线，挥舞着类似孔雀羽毛的大羽扇，展现自己的魅力。

我才是吸引全场目光的舞蹈女王！迪斯科舞厅为这些自信十足的女性提供的不是特等席位，而是特别的舞台。不仅如此，世人往往也为这样的场景惊艳，趋之若鹜。即便是没有经历过泡沫经济时代的年轻人，也应该看过朱莉安娜女郎的纪录片。

那个年代，许多女性都纷纷登上迪斯科舞厅的展示舞台。

那种场景让我直观地感受到了时代的脉动。

敢于登上那个舞台的女性，对自己的外貌和身材都有十足的自信。朱莉安娜东京舞厅中争奇斗艳的情景，表明充满自信的女性越来越多，我想这也是一种时代趋势。

有消息灵通的业内人士给我透露过内幕：那些站上舞台的女孩子，似乎是迪斯科舞厅事先安排好的。还有一个广为流传的说法是，其实她们很多是店家挖来或雇来的模特。我听后感到半信半疑。就我看来，即使是普通的女孩子，随着时代变化，也会越来越渴望拥有一个可以展现外在的舞台。这些诋毁他人的传言，多半是那些无法顺应时代变化发展的老顽固编造出来的。他们只有否定这些女孩才能感到安心。

当然事实的真相究竟如何，我并不清楚。或许有一部分是舞厅的安排，但也不能否认有些女性是出于自己的意愿主动登上舞台的。当然，印象中好像也有过有人想上台却被舞场里的工作人员拦下来的例子。站在舞台上的这些“女王们”，究竟是自然而然出现的，还是有人在背后推波助澜呢？这个问题曾经困扰了我很长时间。

不过我在京都碰到的一幕，让这样的烦恼顿时变得无关紧要了。祇园曾有一家叫 MAHARAJA 的迪斯科舞厅。说来有些不太好意思，那个时代的我也未能免俗，沉浸在泡沫经济时代的社会氛围中，出入知名的迪斯科舞厅寻乐子。我内心多少有些期待京都的迪斯科舞台上也出现朱莉安娜风格的女郎。

在那家店里，我曾亲眼见到一众舞伎缓缓步入店内，舞池中的客人们纷纷让道，让她们登上舞台。连那些占据着舞台、自诩为女王的女人们也纷纷退避开来。接下来的时间里，MAHARAJA 的特别舞台成了欣赏舞伎们热舞的地方。当然，她们仍旧顶着那张惨白的面庞和传统的日式发髻，但在台上跳的却不是平日里的地歌舞[①]。她们像其他年轻女孩一样，配合时下流行的音乐，自然地扭动着身体。

无论是之前舞台上自认为是劲舞女王的女性，还是被店里身着黑衣的工作人员招揽来的模特，在这一刻都和其他客人一样，把只有被选中的人才能登上的舞台让给了舞伎们。

写了这么多，现在再说这个有些难以启齿，但可能有些地方我记得不太清楚。有位朋友对我说，MAHARAJA 好像并没有供人仰望的舞台。我也没法百分之百地肯定，说一定就有。看了长达四分之一个世纪的关于朱莉安娜东京舞厅的影像，搞不好因此记忆混乱了。或许我是在潜意识里，把

① 特指京阪地区一带由三弦歌曲伴奏的舞蹈。

MAHARAJA 的舞台换成了朱莉安娜风格的舞台。

舞场女王般的女性们的确曾经云集于此，而这个舞场也确实散发着一种独特的气息。曾在这个舞台上“称霸”的女性们很快被后来居上的舞伎们替代了。她们一进场，曾经的女王们便悄然退场，这仿佛改朝换代的一幕让人记忆犹新。

这件事让我意识到，在京都这个地方，舞伎才是真正的女王，这恐怕是在京都以外的城市绝不会有的情景。虽然这已经是四分之一个世纪前的往事了，但还是值得记上一笔。

大概是 MAHARAJA 位于祇园，所以舞伎才会受到这般的礼遇。直至今日我还在想，搞不好 MAHARAJA 与祇园的花街之间有某种不可言说的关联。在泡沫经济到达最高点的那个年代，想要享受一下繁华的京都人，大概都会聚集到那家店里。从这个角度来说，京都的女王果然还是舞伎。

不过我从来没在那家舞厅见到过僧侣。是穿着袈裟难以在那种新潮的店里出入，还是直接在门口被黑衣保镖拦了下来？实际情况究竟如何，已是不得而知了。虽然也有人回顾当年，说在 MAHARAJA 见到过和尚，但我并没有亲眼目睹，就不对出入舞厅的和尚进行点评了。

第三章

佛教不为人知的一面

北山的大佛寺

京都是座古老的城市，正因为它完好保存了历史遗留的古风古韵，所以承载着众人的期待。一直以来，连观光客对这座城市的要求，都是希望它能继续活在历史与传统之中。但即便是致力于营造出古典氛围的京都街市中，也有反映时下流行文化的地区。植物园以北的北山大道沿线就是最好的例子。这里有不少以新潮前卫为卖点的店铺，安藤忠雄和矶崎新等知名建筑家的作品也随处可见。

这一带之所以发生了这样的变化，要追溯到战后时期。日本在第二次世界大战中战败后，管理京都的占领军将植物园一带规划为居住区。一九四五年以后，该区域便开始成为盟军的宿舍，类似涩谷的驻日美军住所“华盛顿高地”。因此北山一带也陆续出现了做盟军住户生意的商家。对当时的日本人来说稀有罕见的舶来品在这里也有了销路。正因为有这样的战后历史，这片街区才被打造成现在的模样。

当然，现在植物园一带早已拆除了当年盟军的房屋，年轻人也很难从现在的街景联想到当年美军进驻时期的历史。

在这样的北山一角，坐落着一栋非常气派的音乐厅。这是一九九五年矶崎新先生在设计大赛中胜出的作品。向西边的墙望去，可以发现设计时故意将墙面做成了弯曲的形状。矶崎先生很喜欢玛丽莲·梦露那曼妙的身体曲线，时不时会在设计作品中添加类似的元素。而音乐厅这面有弧度的墙壁，据说就来自那张经常出现在挂历上的著名的裸照。

音乐厅的所在地正好与植物园，即旧时美军的居住区相邻。曾经在这里居住过的美国人，大概都看过梦露那张著名的裸照。美军撤离之后又历经数十载的光阴，这块土地上出现了矶崎先生设计的梦露曲线音乐厅。这微小的关联，让我自音乐厅建成伊始就觉得十分有意思，惦记着若是有机会带人参观建筑，必须把它列入其中。

有一次，东京某知名杂志委托我介绍京都的近现代建筑，我便提议将北山音乐厅的照片作为补充资料放进去。幸运的是，编辑部认为我将音乐厅与梦露联系起来的话题很有意思，最终将音乐厅选为重点介绍的对象之一。

于是，在一个炎炎夏日，我和责任编辑及摄影师按照事先约好的在音乐厅前会合。初步讨论后，我们先让编辑进去，向音乐厅的管理人员征求拍照及刊登的许可。我们料定不可能被拒绝，事实上对方确实没有直接拒绝我们，而是提出了条件。前去交涉的编辑说，他们同意让杂志刊登照片，但要收取三万日元的费用。事后，我听说出版社真的去付了这笔钱，大吃一惊。

建筑物没有所谓的肖像权，也没有设计权。在播报新闻时，电视上经常出现与报道内容相关的建筑物。如果让相关人士入镜的话可能会涉及肖像权的问题，但建筑物并不存在这等问题，所以怎么播放都无所谓。这就是播报重大新闻时，画面一直停留在警察署等政府机关建筑上的主要原因。

这座音乐厅同样是建筑物，究竟是以怎样的名目来索要这三万日元的呢？我立刻告诉编辑，这笔钱根本没必要付。他也向我表达了不满，说第一次遇到这种要求，但站在出版方的立场来说，是不能与被采访对象产生纠纷的，虽然很不甘心，最终还是付了三万日元。

如果拍摄建筑内部，确实会产生肖像权或设计权以外的权利纠纷。说入侵民宅也许有些夸张，但馆方的确有可能以这个名义提出抗议，所以有时候用钱来解决问题比较省事。但就算如此，音乐厅作为行政机构的同时也是公共建筑，职责应该是为大众服务。我至今仍对音乐厅的过分要求感到愤愤不平，虽然音乐厅的负责人可能也为上头的指示感到为难。

不过，三万日元这个金额也让人不由得苦笑，无论这笔钱该不该付，都让人觉得这种做法很有京都特色。常有书籍和杂志刊登介绍京都寺院的照片，因此形成一种惯例，就是拍摄照片时，出版社要支付一点心意给寺院一方。我听来的行情正是一张照片大约三万日元，还有些寺院的要价更高，但基本都在三万左右。

难道北山的公共建筑也不学好，偏偏把这种约定俗成学来了？既然寺院都收钱了，那咱们按着寺院的规矩，收点钱也没什么不妥吧。如果真是这样，那乍看之下新潮时髦的北山音乐厅，其实骨子里跟传统的寺院也没什么两样。我甚至觉得，矶崎新先生这时尚前卫的设计作品，就像是一座代表京都的大佛寺。这类公共建筑竟要收取布施和“志纳金”，根本一点道理也没有。他们究竟是以什么名目开口索要这笔钱的，实在令人费解。

最终编辑也没告诉我，出版社究竟是用什么名目报销了这给音乐厅的三万块。杂志社也有他们不得已的苦衷，在此就不提及那本杂志的名字了。如果有读者好奇，可以去找找我谈论北山音乐厅的杂志便能知晓。

照片和插画

京都有许多极受观光客喜爱的寺院，也有许多详细介绍这些寺院的书，旅行杂志也会时不时推出京都特辑。总之，各种媒体都在不厌其烦地介绍着京都的寺院。这类出版物多以照片和赏心悦目的排版呈现美丽的庭园风景，因此以视觉享受为卖点成了这类出版物的常态。

其实为了刊登这些照片，支付的经费可是一笔不菲的开销。前面我也提到了，行情大概是每张照片需要向寺方支付三万日元。当然，和现代建筑一样，寺院建筑和庭园并没有肖像权和设计权，按理说出版社没有义务支付这笔费用。即便是一毛钱都不掏直接刊登，在法律上也完全站得住脚。就算对簿公堂，寺院一方赢的可能性也基本是零。

尽管事实如此，绝大部分出版社还是遵循所谓的惯例，乖乖把“志纳金”上缴给寺院。我还没听说过哪家出版社敢拒绝支付，大家基本上还是会老老实实地满足寺方的要求。

哪怕出版方因为这种事在法庭上赢了官司，也毫无意义，日后一定会被列入寺院的黑名单，不光被禁止拍摄庭园和建筑，连佛像也拍不成了。万一演变成这样，这家出版社将来就别想再出什么刊登照片的彩页。这完全是一场打赢了也只有吃亏的份儿的官司。

给寺院的钱，一律被视作宗教捐款，算是出版社崇敬佛教，捐给寺院的布施。我认识的大部分编辑私下也称它为“志纳金”。“志”是指心愿，“志纳金”的大意就是用捐赠香火钱的方式表达对佛教的崇敬之心。但我实在看不出进行布施的出版社和编辑们有什么虔诚拜佛的信仰之情，就我所知，封好红包递给寺院的编辑，没有一个嘴里不嘀咕的。

“什么布施?！什么志纳金?！根本就是赤裸裸的金钱交易吧！”

要真是志纳金的话，应该根据心愿的大小，捐出来的金额也有所差异。跟普通香火钱一样，关键看礼佛的香客愿意掏出多少。但寺院向出版社索要的照片费用基本上是固定金额，算不上布施。我多少也能理解编辑们的抱怨，他们的怨言终归还是有些道理的。

但是寺院一方也自有一套说辞：“志纳金本来就不是固定

的，我们提供的仅仅是一个参考行情罢了，你们要是想多给也可以啊。”但给的数额若是少于他们的参考价格，对方绝对不会接受。

我再三提到“三万日元”，这个数字据说是京都大多数寺院私下协商的行情，但也不是一成不变。有些出版社与寺院的交情比较深，有时还会享受到折扣。而观光胜地的寺院照片，搞不好会开出更高的价位。

时不时听到别人提及“金银苔石”这个词。这个暗语指的是杂志照片要价最高的四家极受欢迎的寺院（金阁寺、银阁寺、西芳寺和龙安寺）的合称。传闻一张照片可能会要价超过二十万日元。当然，我没办法去查证传闻的真伪。四大寺院遭到这种评判，也有可能是他人在这个问题上恶意地夸大其词。因此，关于志纳金的详细金额就不再深挖下去了，点到为止就好。

不过，四大寺院刊登照片的费用比别处的寺院要高，也是不争的事实。一些介绍日式庭园的书里就揭露过这一点：“想刊登有名的寺院的照片，可是要花大价钱。”明明整本杂志里的庭园都有照片，唯独到了“金银”级别的庭园是以插图形式来展示，连一张照片都没有。每当看到这里，就不禁心生怜悯：唉，这家出版社付不起“金银”级别的照片钱，为了节省成本，只能想出靠插画充数的苦肉计了。这也从侧面反映有些寺院的照片价格比找人画一张插画的费用还高。

正因如此，我猜四大名寺要的“志纳金”大概跟传闻中一样令人咋舌。不过东京那些知名出版社应该很少用插画来充数。会采取这种节约成本的做法的，大致都是本地的小型出版社。相比之下，东京的媒体出手可就阔绰多了。

正是因为这群媒体一味吹捧着寺院，出现批判性言论也不足为奇：“刊登照片要钱这种事全都怪罪到寺院头上也有失公允，寺院一方敢如此狮子大开口要钱，背后的东京媒体也要承担一部分责任。他们在谈价格的时候懒得讨价还价，不管寺院开口要多少，都是一副先付了再说的态度，完全是想靠钱来解决问题。就是因为东京媒体乱了规矩，这些名寺才会得寸进尺……”

本书的开篇我就讲过，京都人变得如此自命不凡，一部分原因要归咎于东京媒体的大肆吹捧。他们在各种媒体上用华美的语言和辞藻吹捧京都，让这群洛中人的眼睛都长到头顶上去了，害得我这种洛外人跟着一起受牵连。看来，这也是造成京都这些寺院嚣张气焰的原因之一。

观赏夜灯的情侣们

我还是要再强调一下，出版社付给寺院的钱被视作善款，算是崇佛之心的体现。既然是基于宗教信仰的捐献，就不在征收税款的范围之内。所收款项全都落入寺院的腰包，就算是税务局，对这些宗教法人也无可奈何。俗称寺院参观费的门票也算在这类宗教收入里，一直以来同样被视作香客的心意，算是一种宗教捐款。这种神圣的款项，税务局是无法插手介入的。

观光寺院就是靠这种收入维持着自家生计。参观费在寺院经济里所占的比重，远远超过刊登照片赚的那点小钱——不不，该说是志纳金。而这笔庞大的收入实际上是完全不必交税的。

来寺院参观的游客，倒是没什么人把参观费当成宗教捐款吧。况且门口的售票处也写着几行大大的字，“大人 ××× 元，学生 ××× 元”，寺院单方面规定了不同的人支付不同的金额，怎么能算是一点心意？在大部分人的观念里，寺院的门票和主题公园的入场券是一样的。不仅如此，有些寺院坑起钱来甚至比主题公园更过分，在这儿就不提名字了。有一家以夜间灯光秀来招揽观光客的寺院就令我深为羞愧。

这是好几年前的事了，时值深秋红叶正美之时，我去了那家位于东山一带的观光寺院，期待欣赏夜色中沐浴在灯光下的枫叶的美景。到达寺院的时候正好是傍晚，我在收费处正准备掏钱，却大吃一惊：这地方白天和晚上竟然是分开收费的！

也就是说，不能买了白天的门票，在里面一直待到夜灯亮起。想要观赏夜灯的人，必须先出来一次，重新购买夜间门票后再进去。即便是提前买好夜间门票的人，也不能在寺内等待夜灯点起。

在即将入暮前，我买了白天的门票，可是入寺不久就听到了准备清场的广播。内容大致意思是，现在要开始准备夜间灯光秀，寺院内的游客请先离开寺院，待准备完毕后可再次入场。

这就是所谓的清场制，就算是迪士尼乐园也没这么贪得无厌。这种极为露骨的赚钱手法令人瞠目结舌。

在这样的收费规定之下，参观费依然不在征税范围内。我作为一个普通纳税人，实在是难以接受。税务局为何对这样露骨的敛财手段坐视不管？听着寺内清场的广播，我的内心五味杂陈。

后来我遇见那间寺院的僧侣时，对这种行为提出了质疑：

“夜间灯光秀单独收费也有点太过分了吧？”

听我提起灯光秀的事，这名僧侣却答非所问。他对我提出的收费问题闭口不谈，转而批评起游客的基本礼节来。

“我们也觉得有不妥之处，那灯光不是从下往上打的吗？这么一来，树荫下就会形成大块的阴影，经常有一些男女在那暗处搂搂抱抱，成何体统！让人看了就来气，真想一脚踹过去。”

看来，是我没把对于夜间收费的质疑清楚地传达给对方。他敷衍说收费之类并不重要，然后把话题转向了情侣之间不检点的行为。树荫底下经常有男女搂搂抱抱吗？听起来似乎也是件趣闻。我暂时停止了对收费的疑问，转而兴致勃勃地询问那些情侣究竟都偷偷摸摸做了些什么。

不知各位读者对这位计较情侣躲在树底下做了些什么的僧侣作何感想，是不是觉得他还没有彻底从世俗思维中解脱出来？但我早就看惯了京都这帮花和尚，已经懒得在这一点上抓着不放了。毕竟这位可是为了收两次费提前清场的寺院住持，就算市侩了些也是理所当然。

同样住在京都的宗教学家山折哲雄先生对我提起过一则关于路边托钵僧的趣事。有一天，他掏出一万日元放进僧侣用来化缘的托钵里，那位僧侣看到平日里极少收到的大额纸币，瞬间倒抽一口气，直直地看向施主山折先生。

看到托钵僧的神情，山折先生内心不禁嘀咕：一张“福泽谕吉”就让你心神如此动摇，看来你的修行还不到家。山折先生以戏谑的心态，观望着京都佛教界这股连路上化缘的僧侣都避不开的铜臭气息。我是没法像他那么大方，掏一万块去考验路上托钵僧的修行究竟到不到家。这说到底是一种让人羡慕的奢侈的娱乐，我也多少想试一试看看。

其实，看着日本和尚们满身世俗风尘的模样，我打心眼里觉得非常愉悦。山折先生的做法也让我觉得十分有趣。最重要的是，和尚总能给我提供许多滑稽有趣的笑料。多亏了他们，我才能写出这样的文章，所以还是应该感谢他们。

“古都税”的抗争

寺院的门票钱相当于宗教捐款，所以不用纳税，这个逻辑恕我难以赞同，读者中应该也有不少人和我有相同的想法。贴出价目表明目张胆地强制收费，怎么能算是宗教捐款？京都市的财政单位也抱有同样的疑惑，曾试图以地方税的名义来对各个寺院的门票征收税款。

一开始是一九五六年推出的《文化观光设施税》(文观税)。因为此前不久，越来越多的寺院开始收门票，相关的财政单位才会注意到这笔收入的存在。

说句题外话，冈崎的京都会馆就是靠文观税的收入建成的（一九六〇年完工)。负责设计的是现代设计的知名先驱前川国男先生。据说前川先生在设计时还颇费了一番心思，才让钢筋混凝土建筑融入京都的整体景观之中。建筑界的人都喜欢以这栋建筑为范例讲述现代设计与景观之间的二元关系。

但让我更为感兴趣的是，很难想象它是靠从寺院征的税建起来的，时至今日绝不可能再办到同样的事。我向来将京都会馆视为纪念文观税时代的建筑物，同时也是一处保存了门票征税时代记忆的历史遗迹。相较于这样的纪念意义，前川先生在设计上的构思就不那么重要了。

再回到文观税的问题上来。这个税收制度从制定开始就属于有时限的临时性法规。一九六四年，税名更改为“文化保存特别税”，法律时效又延长了五年，但同时也确定从第六年开始该税制不再继续实施。一九六四年延长时限的时候，市长与寺院交换了备忘录，保证这种税到期后不再顺延，往后也不会再设立类似的新税种。

但进入二十世纪八十年代，京都市又开始打起了向寺院门票征税的主意，并在一九八五年新设立了《古都保存协力税》（古都税）。然而，京都的主要寺院大多不愿遵从，并提出了反对意见，认为从门票中征税是一种违背宪法信仰自由的行为。况且门票多为外来游客购买，违反了市政府对相应利益征收税款的原则。寺院一方找出了各种理由，拉开全面抗争的架势。

表面上，寺院认为市政府违背了二十年前不再设立类似文观税的新税种的承诺，引起了他们的强烈不满。但事实上，寺院真心害怕的是被税务部门掌握财务状况，不想让税务局的督查部门将手伸进寺院的库房。

八十年代由于观光客的增加，寺院的门票收入涨势喜人，在总收入中占了很大比重。若是被相关单位掌握了详情，可能连寺院经营的全貌都被外人知晓。所以寺院强烈抗拒古都税的征收，我认为其中有部分原因是出于对财政情况外泄的恐惧。

实行文观税的二十世纪中期，门票的收入还没有那么多。寺院同意缴税，也是因为这笔收入有限，即便被税收部门掌握收入状况，也不会把寺院的整体收入透露给外人。就是料准了这一点，寺院一方才会同意缴税。虽然五六十年代没有反对文观税，但是到了八十年代，情况就不同了，寺院无论如何都要反对与之类似的古都税。在当时还是国有铁路的JR的大力宣传之下，来京都参观寺院的观光客大量增加，门票收入也成倍增长。

在强制施行古都税的那段时间，京都不少观光寺院都用上了停止开放的招数。他们关上寺院大门，不让观光客进入。如此一来，寺院当然也赚不到门票钱。但是受影响的不只是寺院，以运载观光客来赚取收入的各大交通机构也蒙受巨大损失，除此以外，旅馆行业和旅游纪念品商店等依靠观光业维生的行业全都生意惨淡。寺院关门，也是逼迫其他相关行业向京都市政府施加压力的重要手段。

“拜托了，不要让寺院生气好吗？要是寺院关了门，咱们都别做生意了。能不能把古都税停了啊？”

京都市政府最终不敌这样的反对声浪，放弃向门票征税。寺院使出招数，发起这场耐力竞赛，采取罢工方式向京都市政府进行挑战。事实上，国外媒体正是以“寺院罢工”的题目来报道这场纠纷的。

与市政府谈判的过程中，寺院一方总共进行了三次停止开放运动。其中以一九八六年夏季开始的第三次最为持久，为期长达十个月。结果，京都市拗不过这种拿整个观光业做

“人质”的策略，叫苦连天。在随后的一九八八年，京都废除了古都税。这个结局并不是向佛门低头，而是败给了寺院的社会影响力。

这场围绕古都税的纷争，让市民见识到了寺院力量的强大，并重新产生了“寺院真厉害”的印象，觉得寺院较起真来确实非同一般。从寺院的角度来看，今后行政机构要是再打门票税的主意，他们照样能使出停止开放这个杀手锏。

观赏夜灯的门票，也可以宣称是出自信仰之心的布施。即使是躲在树影中卿卿我我的男女支付的门票钱，也可以说是善款。现在的寺院就是如此厚颜无耻。行政机构不再和寺院角力，反而向寺院学起了生财之道。北山的音乐厅索取照片刊登费的行为，应该就是个典型的例子。

顺便提一下，一些寺院开始搞起夜间点灯活动，是从平安建都一千二百年（一九九四年）的祭典开始的。这也算是观光寺院首次协助市政府宣传祭典活动。据说是主办单位征询了寺院的意见，经寺院同意，再加上政府的支援，这场活动才能顺利取得成功。政府已经放弃向寺院的世俗营生征税的宏图大志了吗？看来行政机构也转而和寺院合作，朝着增加京都观光收入的方向齐心协力前行了。

庭园秘闻

时间追溯到四百多年前，让我们回到战国时代的京都。在那场著名的历史事件中，武将织田信长在熟睡之际遭到部下明智光秀的偷袭。这场夜袭堪称战国史上最精彩的桥段，无论古装电视剧还是电影，都屡次三番把它搬上银幕。

在学校授课时，我们称其为“本能寺之变”。之所以这么称呼，是因为信长在本能寺遭到了光秀的偷袭。如果是热衷历史教学的老师，应该还会简单地说明光秀为何被逼到与主公反目的地步。

但很少有人去解释为什么信长要下榻在佛教寺院。信长在京都的时候常常住在本能寺，虽然一度在京都修建过自己的住所，但最后还是转手给了别人。这就相当于信长放着自家的豪华宅邸不住，偏偏跑去住寺院，这其中的缘由却无人谈及。

信长和光秀生活的时代没有所谓的酒店。虽然当时有简易的客栈，但没有办法让武将留宿，所以战国时代的大名和他们的家臣才会去寺院下榻。武将借宿寺院的历史可以追溯到南北朝的战乱时期。室町时代以后的文献记录里经常有寺院开门供武人们住宿的记述。看来从十四五世纪开始，京都的寺院就做起了今天的酒店生意。但更早的情况如何就不得而知了。

信长下榻于本能寺，应该是遵循室町时代以后的住宿惯例。他会钟情于这家寺院，可能是喜欢寺院员工——不，僧侣们的接待和服务。总而言之，京都的寺院当时是用来接待武将、“款待”他们的重要处所。

京都的观光寺院，每处的庭园都十分美观。外国没有宗教场所会这样大费周章地布置庭园。单从“庭园之美”这点而言，京都的寺院可谓是国际最高水准。以追求享受为目的修建庭园也是始于寺院，后来这样的做法逐渐渗透到宫廷贵族的别墅和大名的宅邸，但追本溯源，最早开始在日式庭园上精益求精的还是寺院。室町时代的京都寺院，奠定了一直延续到今天的庭园美学的基础。

其中，功不可没的要数禅宗寺院。最早探讨庭园理想面貌的就是禅僧，而今日的观光寺院中也有不少是禅寺。阅读日本庭园史的读物时，也经常会读到与禅有关的记述。但我不认为禅宗真义中有什么与庭园之美产生共鸣的东西。虽然坊间流传着一些日式庭园与禅宗公案有关联的传闻，我对这一点还是心存疑惑。

回到前面，室町时代，京都有越来越多的寺院开始为武将及随从提供住宿服务。寺院开始精心布置让人看了能心情愉悦的庭园，也大致是这个缘故。我个人认为，增设接待武将的新业务，促使寺院开始注重庭园美化工作。这也反映出寺院极具前瞻性地承担了现代酒店的职能，而且表现得非常出色。

禅宗一直凭借拉拢武士阶级壮大自己的势力，第一个担起接待武人任务的寺院大概也是禅寺。这也是庭园美学由禅宗的僧侣所奠定的原因。随着住宿方面需求的增加，禅僧们的审美意识也愈发得到新的历练。

不过，也有可能是后来才想出这套像模像样的禅宗论来包装庭园，好让原本只是招待客人的庭园显得更加神秘和珍贵。这种马后炮般的歪理倒是很有禅宗风格。但是，我实在不能认同打造美丽庭园的本质理念就存在于禅学之中。

好像还没有专著或论文从酒店经营的角度剖析寺院的历史，大部分历史研究都把寺院视为佛教的据点。但是寺院的确有过武将专用酒店和度假中心的功能。在研究寺院史的时候,至少在研究南北朝以后的寺院的过程中,应当留意这一点。

以庭园之美名扬海内外的京都观光寺院，其历史大部分都能追溯到室町时代。这些寺院为了抚慰武将们的心灵，在庭园造景上大费苦心。哪怕只有片刻光阴也好，他们也要让这些明日可能又要投入战场的武人，在美景中偷得浮生半日闲。

现代人拜访武人们曾经休憩过的如梦似幻的遗迹，让平日在文明社会中疲劳的眼睛得到放松。过去为杀戮者提供服务的庭园，今天又让我们这群“商业战士”休养身心。

怀着这样的思绪，放眼望去，鉴赏庭园时自会有一番韵味在其中吧。

“和食”与“款待”

日本料理，即所谓的“和食”，在国际上有相当高的评价。越来越多的外国人到京都的料亭进修，学习烹饪技术。和食成功当选世界文化遗产以后，相关单位也开始致力于推动它的国际化。以前绝不接纳外国工作者的料亭，最近也开始转变观念。

可能因为我是日本人，常常觉得比起海外的料理，和食的味道更为细腻。在巴黎享用昂贵的法国料理时，也觉得味道多少粗犷了些。虽然滋味不错，但是缺少一点值得回味的余韵。过了几天，同样是在巴黎，我光顾了另一家日本厨师开的价格便宜的法餐厅，觉得这家更适合自己的胃口。单论调味的细节，我认为同胞的本事大概更为出色。

大概是因为我平日更熟悉日本人的做饭方式，才有这样的感觉。也可能是我挑错了餐厅，不该拿仅有的几次体验当普遍现象来讨论。所以我这样的人还是别再点评其他国家的料理为好。

但是和食的滋味确实十分细腻，像甘甜和辛辣这样的词语无法形容其味道的复杂深奥。这应该是高水准的日本料理被世人公认的优点。

寺院的精进料理[①]对和食调味的研究也有很大的贡献。寺院内不能食肉，向来使用豆腐和魔芋来仿制肉类的菜肴。僧侣们一直都在努力钻研如何不使用肉类，也能让菜的色香味更接近放了肉的菜肴。在这样的摸索中，似乎也找寻到了和食更为丰富的滋味。

但寺院为什么要去努力开发不用肉的仿荤菜肴呢？我还没有找到充足的文献和依据进行说明，只能在此提一点个人并不成熟的想法。以下的内容纯属推测，请各位姑且一听。如前所述，许多寺院承担起接待武将住宿起居的作用，是因

---

① 取意日本禅宗的“精进”精神，每日例行的膳食也是实践修炼的重要方式。基于佛教戒律，避免杀生与使用有刺激性气味的食材。

为那个时代的旅馆业务尚未完善，寺院不得不提供类似的服务。出于这种业务方面的需要，寺院在造园方面的技艺也日益精湛。然而提供住宿服务的旅馆，只在视觉上达到赏心悦目的效果还远远不够，要做好周到的准备，满足客人对食物的要求。至于大名级别的客人，一定会要求呈上来的料理要色香味俱全才行。但现实情况是寺院有客观条件限制，不能烹饪肉类。为了解决这个难题，寺院经过百般摸索推出的，大概是用口感近似肉食的精进料理来代替。

武士大人，你看，这道菜看起来像海鳗，尝起来口感也和海鳗一样，但其实并不是用海鳗做的，而是用木棉豆腐和慈菇加上白板昆布做成的。你看，敝寺能奉上这样的料理，很有意思吧？而且味道根本不亚于海鳗哟。

就是这样的待客精神创造出了素肉料理，很难想象这是源自佛教的烹饪方法，反倒更像是经营食宿业务的寺院的餐饮部门开发出的独具创意的料理。

以上内容其实全是我的猜测，事实是我并不知道这种料理究竟是何时由谁发明的。但我认为素肉料理和庭园一样，背后蕴含着待客之道，款待武将和大名的世俗之心在其中起了很大的作用。

寺院为了接待贵客，大概也网罗了不少迎来送往的人才。

不光有茶点招待，还有擅长说话逗趣和歌舞才艺的僧侣，经常出来招呼宾客。我猜寺院还肩负着经纪公司的工作，负责将这些席间陪客的艺者召集起来。室町时代那些以阿弥[①]自称的人，或许就是这类走在前沿的僧侣。大名家里的那些茶和尚[②]都剃光头，或许也是因为这份工作本来源自寺院。

前面提过，一直到江户时代前期，在宴会上接待客人都是男人的工作。战国时代十分重视男子气概，不愿让女性出现在宴会席上。当时由男性服侍男性是出于这样的理由。

直到十八世纪中期，这种工作才被女性接手。江户称她们为女艺者，上方（京都、大阪）称呼她们为艺伎，这样的女性取代男艺者，代表着男性社会的战国时代结束，以及并不过分厌恶女性的庶民社会的到来。曾从事这份工作的男艺者中有僧侣扮相的人，以及不少落魄的僧侣。因为在之前的时代，能网罗优秀艺人的机构也只有寺院了。

这么一想，再看看小姐与和尚交错而坐的京都夜生活，便显得十分有趣。十八世纪在宴会上负责接待的角色，已从包括僧人在内的男性转变为女性。或许在过渡期的某些宴会上，列席的艺伎和僧侣的人数相当。现在看到小姐与和尚嬉

---

① 信仰佛教的人使用的法号之一。

② 日本室町和江户时代，武家中负责接待客人的人，并非和尚却剃头。

闹的情景，我不禁又遥想起十八世纪的类似场面。

现如今，僧侣摇身一变成了座上宾，成为享受招待的一方。他们应该早已忘记十八世纪的前辈们在宴会上是如何小心侍奉的。这么一想，就可以为和尚与艺伎玩乐找个新的正当说法：我们去夜店，可不是因为喜欢艺伎舞伎，或是喜欢女人，而是为了缅怀曾经在宴会上负责接待的先人啊。不过在夜总会找乐子的当代僧侣，倒也不好找这种借口来开脱就是了。

活跃在江户时代初期的男艺者究竟都是怎样的人，我们并不清楚。我想歌舞伎演员也有可能参与其中，但详细情况是怎样就不得而知了。虽然我强调存在僧侣扮相的男性，但也只是停留在想象中，只是从现代与艺伎厮混的和尚反推回去的结果罢了。没有证据的确很难证实，还望这方面的专家指点一二。

第四章

小窥京都历史

名为皇居的行宫

天皇家是不是迁回京都更好一些？在首都东京，有不少人抱有这样的想法。我就在东京遇到过好几个支持天皇应该迁回京都的人，他们将居住在洛外的我当成京都人，问我："你们京都人也很希望天皇家迁回去吧？"

不不，我并不是京都人，我住在宇治，可不懂这些事情。就算我如此作答，他们也只是有些反应不过来，还有人直言不讳地问："井上先生，你怎么看都是不折不扣的京都人啊？"这要是洛中人士，就绝对不会把我一个生在嵯峨、住在宇治的人当成京都人来看。但东京等其他地方的人就不一样了，很多人即便听到我强调自己的出身之地，也会把我视作京都人。这真是挺让人头疼的。

把我这种洛外人也算作京都人，说明对京都人形象的定位相当随意。将二者混为一谈的人，没有资格谈论何为京都人。我痛恨他们对着我说“你们京都人如何如何”，这不仅对京都人无礼，更让我感到不快。因为我并不想让别人把我与那些以身为京都人自傲的家伙看作同类。

话题回到天皇一家。其实皇室也经常出访京都，每次来到京都，整个城市就会进入高度警备状态。以天皇家出行的路线为中心，相关工作人员几乎全部被调去维护天皇的安全。结果导致该路线以外的洛外警备变得漏洞百出。

尤其是皇室出行的日子，总感觉街上暴走族的数量比平日要多，改造后的马达的噪音震耳欲聋。虽然没有确凿的证据，也可能只是心理作用，但总给人这样一种感觉。因此一直以来，我都将天皇一家到京都视为麻烦事。

对于重新将日本首都迁回京都的提议，说实话，我只想恳求“饶了我们吧”。在洛外生活了六十年，我认为如果无论如何都要将首都迁回来的话，那种全城动员的夸张警备也该消停一点才是。即使在以京都御所为中心的洛中，也会有人对皇家出行感到厌烦，繁杂的交通管制和各种拦截检查更会给许多人带来困扰。论起日常生活受到的影响，洛中可比洛外要严重得多。

不过洛中和洛外的居民烦恼的理由倒是各有各的不同。洛中人认为夸张的警备已经到了扰民的程度。而与此相反，洛外人对警力全都集中到洛中感到不安。这也是我要特别强调洛中洛外差异的原因。

崇敬天皇的人看到上面这段话，一定会气得暴跳如雷：你算什么东西，居然敢说天皇陛下扰民，成何体统！但那些期望天皇迁回京都的东京人内心大概也是这么想的吧。说白了，他们也想摆脱那种警备过于森严的生活。说什么京都人热烈希望皇室回归云云，都只是狡辩的托词罢了。

就像前面提到的，嫌麻烦的洛中人固然有，但这个城市还是有相当多的人希望天皇一家重回京都。甚至有人说，东京的皇居只是天皇巡幸时的临时行宫。时至今日，这些人还振振有词地说，天皇真正的居所仍然只有京都御所，皇室仅仅是在这短短的百十年间出行东京，日本的都城依然是京都。他们到底为什么敢如此底气十足地说出这番话来？

认为京都仍旧是日本首都的依据，仅仅是因为天皇至今都未下诏迁都。明治维新时期，天皇迁居东京，兴建了中央政府的办公大楼，但的确从未下诏将都城迁至东京。持这一论调的人就是抓住了这一点，大放厥词。

前妻（前夫）遭到了对方抛弃，但依旧坚持彼此是夫妻关系，仅仅因为两人还没有签字离婚。明明对方已经和新的伴侣开始了新生活，不忘旧情的前妻（前夫）却捏着一纸结婚证书当后盾，否认已经离婚的事实。部分京都人视京都为首都的观念，与此大同小异。

我实在为这些人感到可悲。不过同情归同情，我并不希望他们撤回这项主张。希望他们能永远高唱那徒劳的京都首都论，只有这样，我这个洛外人才能有瞧不起他们的那一天。

但很遗憾，现实中几乎没有多少人相信京都才是日本的首都，大部分主张京都是首都的人都清楚，这种话在别人听来可能是笑话。他们有时候是在明确知道这一点的情况下，为了逗别人一笑才故意这么说的。这样看来，我能够真心怜悯的京都人的数量很有限。

在京都思考明治维新

东京的皇居，原本是为德川将军修建的居城。这江户城是江户幕府为执政而建的重要设施。新政权的领导者明治天皇迁至东京的时候，直接选择了入住旧势力的大本营。

关于江户城是怎样从旧幕府手上移交给新政权的，详细情形已为大众熟知。幕府的代表人物胜海舟和新政府军的西乡隆盛经过谈判，最终将江户城完好无损地移交。这场最终实现所谓“无流血开城”的经典谈判，也成为幕末维新史上的著名场景。

如果当时采取武力攻城的话，整个江户的街市将卷入战火之中,大量的平民会沦为牺牲品。所幸最终避免了那场灾祸。街上难免出现一些小规模冲突，但表面上还算是平稳地度过了这场内乱。

法国大革命和俄国革命都是在莫大的牺牲中取得成功的。其他一些革命也大多伴随着杀戮。相比之下，明治维新甚至可以说是平顺,甚至有人形容它是一场没有流血的革命。的确，如果把战场限定在江户东京一带的话，这种说法或许可以成立。但放眼其他地区,就知道没有流血的说法是多么滑稽可笑。

拿京都来说，幕末时期这里充斥着各种充满血腥暴力的恐怖行动。蛤御门之变的时候，京都街市上大部分房屋都被焚烧殆尽。如果将京都也一并算进来，没有流血的革命一说根本就是无稽之谈。萨摩藩、长州藩、土佐藩、会津藩，还有新选组，都在此地流血厮杀，甚至还引发了将整个京都席卷进来的大火灾。

不仅是京都，从鸟羽和伏见爆发的倒幕战争，一路波及越后、会津和东北诸藩。这些地方相继上演了残酷的杀戮。若是论起胜败的大势，其实早在交出江户城时就已经不言自明，新政府军占有绝对优势，理应可以避免会津以北的战争，探寻和平解决问题的方法，就像江户开城时找到能让幕府妥协的软肋一样。然而，战事仍在持续，只能说新政府军是如此嗜血，早已下了彻底毁灭旧幕府势力的决心，在会津以北展开残酷杀戮，大概就是为了弥补在江户时的退让。既然保证了江户城和江户市内躲过一劫，就必须让幕府付出别的代价。似乎一定要有人流血牺牲，推翻旧政权的新政府才能彰显威力。我认为那场战争之所以延续下去，也是这种需要有人献祭的恶毒欲望在作祟。

以江户的无流血开城来谈论明治维新的论述，基本都忽视了这一点。他们看不到会津以北的地区代替江户做出了怎样的牺牲，也忽略了江户开城前在京都发生的种种动乱。

从这层意义来看，那些吹捧明治维新是一场无流血革命的历史观实在偏激。这种观点只将视点聚焦于首都，是完完全全从江户的角度出发思考的结果。

幕末时期站在幕府一方保卫京都的，主要是会津的藩士们。他们留下的诸多遗迹，至今仍留存在京都的大街小巷。

比如说同志社大学就是一个典型。它的创立和之后的发展，都归功于明治维新后留驻在京都的会津人。其中大致的经过,因为近年 NHK 播出的大河剧《八重之樱》而广为人知。

还有会津小铁会这个可怕的组织，据说也是幕末京都的会津藩士所建，似乎还与黑帮山口组较过劲。遗憾的是，我并不清楚它是怎样演变成现在这种状态的。不过在前面提到的大河剧里，却公然抹去了会津小铁会的存在，所以我要特意在此提及一下。

总而言之，京都留下了许多可以缅怀幕末会津的组织团体。在街上走一走，不必刻意关注也能看到同志社的校舍和会津小铁会总部的建筑。或许正是它们的存在，时常让我将京都和会津的幕末历史联想到一起。

前面写到过，明治维新的会津战争实际上夺走了许多人的生命。但新政府并不仅仅在这段历史时期杀红了眼，实现维新之后，新政权并没有立刻收起屠刀，甚至又与鹿儿岛的西乡军对立，最终挑起了西南战争。

后来，新政府又以海外诸国为对象，发动了对外战争。我将这段持续到二十世纪的战争的历史视为明治维新的延长线。维新释放的民族情绪所驱动的扩张，也可以说是江户时代以来积攒下的负面情绪的爆发。法国大革命激发的民族精神，导致了拿破仑的侵略战争。这会不会是较为缓慢地重演了这一幕呢？又或许是它产生的影响，甚至持续作用了更长一段时期？

“明治维新与法国大革命不同，是没有流血的革命”，这种说法我难以认同。日本近代同样裹挟着残酷的战争欲望与高涨的民族情绪。从这个角度出发纵览明治以后的历史，能强烈地感受到其根源深处与法国革命存在共通之处。虽然有些偏离本书主题，但这是我所思考的近代史观。

落日下的鞍马山和岚山

祇园的繁华区以四条通为界，分为南北两部分。南侧古色古香，北侧则有许多开着俱乐部和酒吧的商住两用楼，靠南一侧有茶室式样的茶屋临街而立，打造出传统的气息。来访的游客可以在此地看到艺伎和舞伎们身姿摇曳、穿梭往来的旧日景象。不过这一带的茶屋和料亭追溯起来倒没有多么古老，大多始于明治时期，就京都的历史而言，算是相当近代的事了。

祇园花街的南侧有座建仁寺，现在仍占据着相当大的面积。但在江户时代，它所占的面积还要更为广阔，曾一度邻接四条通。明治维新政府没收了寺院北边的一半土地，还继续要求寺院一方上缴土地，即所谓的“上地”。寺院一方也服从了政府的要求。在这片被政府收走的土地上，纷纷开起了茶屋等店铺，逐渐形成了后来的花街。四条通南侧的花见小路，当然也是在建仁寺上缴的土地上修建的。

南禅寺西北方是野村别墅等豪宅，说那一带是京都首屈一指的豪宅区也不会有人提出非议。从院外就能一窥那豪华的庭园，哪怕只是沿着墙壁走上一圈也能大饱眼福。其实那一带原本也属于南禅寺，在明治维新时期被收走以后，经过一番曲折，现在变成了豪宅区。而买下这块土地大兴土木的，主要是和明治政府有利益关系的政商名流。

不仅仅是南禅寺和建仁寺有过此种遭遇，京都的代表性寺院大部分都在明治维新的改革中被没收过土地。清水寺的面积甚至缩减到了十分之一以下。来到京都的观光客或许会感慨寺院占地面积之广。的确，与京都大寺院的占地相比，其他地方的寺院实在望尘莫及。但在江户时代，京都大部分寺院的规模都比今日大上许多，现在观光客看到的寺院面积，比起繁盛的江户时代已经是大大减少了。

我长大成人的嵯峨地区，特别是天龙寺，就被新政府收走了大半的土地。这座寺院的领地同样在明治维新中被削减到只剩下十分之一。明治以前的时代，渡月桥另一头的岚山原本也属于天龙寺，维护岚山，包括经营山林都在天龙寺的管辖范围内。被誉为天下名胜的岚山风景，也多亏有天龙寺的维护才能留存至今。

但天龙寺在被迫交出大量土地之后，再也无法继续维持岚山的风貌了。没过几年，岚山便变得面目全非，因为疏于维护沦为一座荒山。明治政府的重臣大久保利通看到荒废的岚山，极为吃惊。旧幕府时代一直维持下来的岚山美景，到了新政府手上却落得如此不堪。据说这件事让他重新审视旧幕府的行政制度，因为此事，传说大久保利通还挨了幕府旧臣胜海舟的一顿训斥。

鞍马寺也是同样在明治时期因为上缴土地失去了鞍马山，因此鞍马山的景观迅速衰败下去。江户时代，鞍马寺以采伐林木作为收入来源，自然会尽心尽力维护山上的景观。明治维新搞出来的这些运动，意外地揭示出江户时代的寺院在意想不到的地方发挥着作用。

前面提到过，古代的寺院曾经担负着类似现代酒店的职责，建筑美丽的庭园供大名们欣赏，除此以外，寺院在山林的维护和管理上也有一定的贡献。寺院之所以在山林管理上倾注心血，除了最主要的林业收入外，更有造景的考量。山林形成的自然景色一般位于寺院庭园的后方，考虑到庭园的借景效果，寺院不可能忽略山林的重要性。

话又说回来，明治政府的强权作风实在令人咂舌。新政府将寺院一半以上，有的甚至是九成以上的土地没收，拿来填充国家财政，这种强硬的手腕着实让人心寒。从这个角度去看明治维新，我才真切地体会到这是一场惊天动地的革命。

其他地方应该没有多少寺院被没收近九成的土地，只有江户时代被赐予了大量土地的京都寺院，才会出现这种情况。京都独有的历史恰巧可以反映出明治维新这场革命的激进性和彻底性。

此外，上缴的土地中也有一部分被用于建设学校和医院，还有些作为公共设施开放给民众。在此需要强调一下，以免读者们误以为这些土地完全被征占，建成了花街与豪宅。想来连现在遍布观光特产店的新京极商业街一带，原本也是寺院聚集之地。

支撑起京都的江户幕府

常说京都是千年古都，大部分的人认为京都继承了平安时代以来的各项传统。的确，京都有几座以历史悠久为傲的大寺院，最澄和空海于平安时代创建的延历寺与东寺已存续千年，仁和寺和清水寺的创立也可以追溯到平安时代。不必举出奈良法隆寺那么古老的例子，单就京都自身来说，就拥有大量历史悠久的古寺。

不过即便是历史悠久的寺院，大部分的殿堂与佛塔也都在昔日的兵荒马乱中烧毁了。如今留存的古建绝大多数都是江户时代以后重新修建起来的。它们多半是在刚刚建立政权的江户幕府的援助下得以重建，而且修建得比过去更为豪华。从德川家康到第三代将军德川家光，这三代人都对复兴京都的寺院倾注了莫大的心血和财力。

他们希望那些毁于应仁之乱等战乱的寺院能够重建起来，并且比从前更为宏伟绚烂。他们的目的是要通过这般大肆重建寺院，让京都人或者说是朝廷和贵族见识幕府的权势。

其中，幕府对知恩院的重建倾注了尤其多的心力。知恩院最早是十三世纪初由净土宗的开山始祖法然所建，信仰净土宗的德川家康十七世纪初在原址上建起了令人叹为观止的巨刹，并让它的外观焕然一新，瞧不出曾经的模样。同时幕府赏赐了大片土地，对知恩院的寺域进行了扩充。

看着现今的知恩院，遥想起八百年前的法然上人，实在有些难以想象原有的景象。不如说它更容易让人想到四百年前家康是怀着怎样的心思去建造它的。毕竟这是为了让京都人见识江户幕府的实力才兴建的寺院。不过遗憾的是，家康修建的寺院有不少已经毁于火灾，现在能看到的主要是第三代将军家光时期重建的。

其他的大寺院也常常是这样，即便没有知恩院那般宏伟，也多是因为德川家前三代将军的虚荣心而建。不过也有像醍醐寺那样，虽然起源于平安时代，却因为战国武将丰臣秀吉的钟爱而兴盛的例子。总之，京都的大型寺院多半是应仁之乱后被世俗权力刻意打造出来的。

从东京前来京都参观大寺院的观光客，若是能留意到这一点，在此地感受一下德川将军的遗风，应该能为旅行增添一丝风情。即便京都是千年古都，也有不少仰仗江户幕府恩泽的地方。四百年前京都就是靠着江户的力量才复活的。带着这样的观点拜访不同的寺院，会让心情更为愉悦。

稍微提醒一下，江户幕府对京都寺院建设工程的援助，只到第三代将军家光为止。从第四代将军德川家纲开始，幕府对这类事务就不太上心了。但江户初期建成的大寺院在那之后也基本维持了下来，即便是遇到火灾，大部分也得以重建。此外还有不少后来新建的寺院。这多亏了幕府为寺院打下了妥善的体制基础，其中最为重要的，就是由宗门本山向全国各地征收净财的体制。信众供奉给末寺[1]的所谓末寺钱中，有一定比例是自动上缴给本山的。本山的寺院经营正是依靠这些才得以维持下来。江户幕府制定这种制度，有一部分是出于宗教政策上的要求，并为此进行了修订和推广。

毕竟如果要幕府亲自管理日本各地的神社寺院，无论在时间还是财务上都有相当大的困难，因此他们才要求各宗派的本山担负起管理职责。末寺的净财能够上缴本山，是因为幕府把各个宗门的管理交给了本山。也就是说，既然把麻烦的管理工作全甩给了本山，就要在金钱方面保证本山的利益。各宗派的本山设在京都，这些收上来的净财都积攒于此，便成了保证京都继续大肆兴建佛殿堂舍的财政来源。

因此，京都的大寺院都能游刃有余地维护和管理，不愁没有钱进行维修，让庭园与建筑物的外观得到良好的维护。当然，从幕府赐予的土地中还能捞到山林木材收入等外快，让寺院的财政收入更为充实。

京都的本山在江户幕府的保护下，有着稳定的经济来源。历史读物里经常以否定的态度谈论江户时期被幕府支配的佛

① 日本佛教用语，与“本山”相对，指别院，即隶属于各宗派本山的寺院。

教，认为日本佛教因此遭到了败坏。但说到京都本山的经营问题，与此前的时代相比，江户幕府给寺院的待遇实在是优厚许多。

一般认为，德川政权将政治中心放在江户，经济方面是仰仗富商云集的大阪，而对京都，则是希望它能够在学问和艺术上有长足发展。除此之外，十七世纪的江户幕府还通过寺院将各类净财善款统一集中到京都。我想强调一下，这一点实际上有极为深刻的内涵。德川幕府手中紧握俗世政权，但事实上赞同京都君临佛教界的地位。十七世纪的江户幕府，正是借由这种政策巩固了京都的优势。

江户和京都建寺背后的故事

德川幕府的前三代将军，倾注了大量心血营造京都的寺院。他们费尽心力，希望德川盛世能在京都人眼中留下深刻印记。所以比起江户的那些土木工程，他们在京都的兴建上倾注了更多的精力。

这种做法为后世的京都带来许多财富。第二次世界大战以后，公共设施的建造带动了经济成长，扩大了消费，造就了日本经济的高速成长。十七世纪前半叶的京都也曾出现过类似的盛况。长达几十年的建设热潮，给林业和木材业带来了巨大的利润，还雇用了大量的建设工人，与他们生活密切相关的各行各业因而欣欣向荣，像木制家具、工艺品等相关行业也得到了快速发展。

焕然一新的大佛寺里，京都的僧侣举办了比以往更庄严隆重的祭典。这些仪式对装饰品和工艺品的需求也大大提高。除了建筑业务的需求，整个京都与佛教相关的行业也迅速发展起来。

这里我们只谈一谈有关建筑的话题。在江户初期这股热潮下，京都培养出了许多建筑业的优秀人才。木匠、泥瓦工、门窗师父和园丁等杰出的巧手匠人在京都定居下来，成为支撑京都建筑及庭园文化的中坚力量，一直延续到现在。

京都的建设热潮在十七世纪中叶之后告一段落，因为由幕府主导的寺院工程逐渐减少。但直到幕末，由全国末寺汇聚而来的巨额善款都集中到京都的各个本山，因此本山有充裕的经费维护寺庙和庭院。就算在火灾中不幸被烧毁，也能马上进行重建。

木匠和园丁不愁生计，受托维护大寺院的佛殿与庭园是他们的日常工作。这群工匠不但可以源源不断地接到活儿，技术也日益精进。京都的工匠在日本各地都受到尊敬，正是因为他们在京都磨炼技艺的机会比在其他地方多得多。

江户时代的江户同样有城市建设需求，但与同时代的京都相比，多是求快而不求好的工程，工作量也较大。新兴城市总是注重速度和数量，却忽视质量。俗话说“火灾和吵架是江户之花”[1]。木材商人们每日都在惦记有没有火灾发生,好让他们抓住机会哄抬木材价格。在这种城市里，难以想象工匠们会投入热情提升自己的技艺。大概在他们的头脑里，第一个冒出来的念头是:反正盖好没多久又会被烧掉,无所谓啦。

即便到了今天，京都乃至关西地区的工匠在传统的日式建筑上，技艺都更胜一筹。京都这个地方的古建筑文化是由幕府的施政造就出来的。让江户成了火灾之都的幕府，却使京都成为磨炼工匠技艺的城市。

基于前文对建筑文化的剖析，我认为比起江户，德川家的三代将军更想在京都的建筑上展现威严气势。不过最后一任将军德川庆喜不愿让江户卷入战火，主动交出了江户城。

到了现代又是另一回事了。东京兴建的现代大楼，大部分极为宏伟，当然土地的单价也贵得惊人。相比之下，京都

① 日本俗语，意为“火灾和吵架是江户的特色”，江户人性急好斗，且江户多发火灾。

的大楼那充满乡土风情的外观则显得极为碍眼。

欣赏过十七世纪的知恩院与仁和寺，再瞧瞧市中心的水泥森林，实在叫人倒胃口。这座曾以建筑方面的高超水平为傲的城市，现在也沦落到了一介普通城市的水平。也许是我年轻时学过建筑这行，才格外生出这样的感慨。

总而言之，江户时代建起来的寺院和庭园，成了现在京都的主要观光资源。许多观光客前来观赏的，无非是这个由江户幕府支撑起来的京都。

不过，这样说也不是完全正确。明治维新让大大小小的寺院都陷入了经营困难，幕藩体制下的收入又被迫中断，寺院只能尽可能缩减开支，减少维护建筑物和庭院的费用，越来越难掩穷酸之气。

直到经济高速发展期到来，京都寺院才日渐恢复了昔日的模样。就我个人的感受来说，这转变应该是从二十世纪七十年代开始的。最明显的表现就是以往荒废了的土墙和栅栏，越来越多地得到精心修缮，重新焕发光彩。说到底，还是因为开始收取门票的缘故吧。虽然我对门票收入不纳税一事不以为然，但免税的门票收入确实是带动了寺院建筑和庭园的修缮与重建，木匠、泥瓦工和园丁也接到了更多的寺院委托。这肯定也有助于传统建筑和庭园技艺的传承。就这一点来说，收取门票钱似乎也有一定的意义。

至于焕然一新的寺院是否能完整重现幕府时代的外观，这很难讲。现在观光客所看到的，确实是幕府时期打造出来的寺院风貌。但依照消防法和建筑基准法的规范，其中仍有部分建筑被迫改为现代风格。至于庭园则像剪头发一样，难以永远维持一成不变的景观。

话说回来，门票无疑给寺院带来了收入，使得寺院和庭园变得更为精致，同时对工匠的培养也大有帮助。过去由幕府承担的角色，现在换作众多的观光客集体扮演。经历明治维新后的建设空窗期，社会大众自然而然承担起了这项职责。

来谈谈我个人的经历吧。我出生于一九五五年，年轻时在故乡嵯峨看到过比现在更萧条的寺院。当时还没有收门票的习惯,大众是可以免费参观的。但庭园看上去有些荒凉可怜。

我当然乐于见到这些庭园恢复昔日的精致美丽，但目睹今日的景致，有时候会觉得这不是我认识的嵯峨。我没有权力逼迫它永远维持过去的模样，却总感到哪里有些不太对劲。在嵯峨长大的我，小时候没怎么见识过洛中的寺院，直到长大之后，才第一次上京参观。所以洛中的寺院，我只记得开始收门票以后那十分美观的模样。

最后再写一点个人感悟。关于洛中那些寺院，我并不知道原貌究竟是什么样子，所以不仅自然地接受了它们现在的模样，甚至还能事不关己地看着它们，暗暗地想，请变得更美观一点也无妨吧。

五山送火

每年八月十六日的夜晚，京都的大文字山都会亮起一个巨型的“大”字。此外，京都外围还有四座山也分别点燃松明火把，排列成文字或某种形状，这广为人知。一般来说，在洛中可以同时看到“大文字”、“左大文字”、“船形”及“妙法”这几处。在我成长的嵯峨，同一天还能看到山坡上由火把排成的鸟居图案。有人将这五处合在一起，称为“五山送火”。最近更有甚者，要求必须郑重其事地使用这个统称。

但在我小时候那会儿，包括嵯峨的鸟居在内，大家把这些都叫作“大文字烧”。到了“大文字烧”的日子，我们会说：“山上要开始画鸟居喽。”

“大文字烧”这个称呼之所以被排斥，大概是因为其中含有表演的意味。有人主张“送火”是为了送别先人灵魂，是给盂兰盆节画上句号的重要仪式，绝不是放烟花之类的娱乐活动，所以不能叫“大文字烧”，必须叫“五山送火”。现在的人们也认为这种说法是对的，并逐渐开始接受。

实际上，它早已成为点缀夏日夜晚的重要活动，和烟花没什么两样。成群结队的观光客以年轻人居多，而这个人群中应该有很多人连“盂兰盆”是什么都不知道吧。大概是对这种情况产生了危机感，才有人站出来强调这是“送火”。但是强制人们使用“五山送火”的称呼，反而从侧面暴露了信仰的衰落。

时间倒转回一八九一年的明治时期。这一年访问日本的俄国皇太子尼古拉在大津遭到袭击，引发了震撼明治政府的“大津事件”。尼古拉在日本的时间，刚好是四五月份的春季，他在前往事故发生地大津之前，曾经下榻京都。当时，整个京都想尽各种办法款待这位来自俄国的沙皇继任者。比如说，他们曾在大文字山点燃松明火把，在夜晚用火把的光焰勾画出一个巨型的“大”字。

这个在春季的五月夜晚点亮的“大”字，实在很难说是盂兰盆节的“送火”。那明明是一种世俗的活动，是一场名为“大文字烧”的表演秀。倘若有人认为只有在送别先人灵魂的时候，山上才会点火，所以应该称它为“五山送火”，请好好回想一下当年用来招待尼古拉皇太子的“大”字。如果硬要大众接受“五山送火”的称呼，请先正视这段历史再来讨论。

我并不是提倡应该复活“大文字烧”这个称呼，在正式场合，我也愿意采用“五山送火”的名称。毕竟我不想把有限的精力消耗在质疑言论上，只要别太过分，我还是宽宏大量的，就算是观点被否定，也可以一笑置之。到底该怎么称呼“大文字烧”，完全是不痛不痒的事儿，不值得较真。我只希望提倡“五山送火”的人能够正视当年为欢迎尼古拉而进行的娱乐活动，此外别无所求。

再跑个题。我曾与早逝的女星饭岛爱小姐有过一面之缘。大概是因为当时正值夏季，而我来自京都——其实不算是京都。忘了是谁先提起的，我们聊到了“大文字烧”。

令我吃惊的是，饭岛小姐认为“大文字烧”是源自箱根的活动，是箱根山上的“大”字流传到了京都，京都是在模仿箱根山。当然，事实完全相反，但饭岛小姐对这一点深信不疑。我提起这件事并不是想贬低这位女明星。饭岛小姐应该没受过太多正规教育，但我认为她相当聪明，而且十分机智。虽然只见过一次面，但也印证了上述印象。

只是她提到“大文字烧”源于箱根，这件事令我不禁想了许多。首都地区的人常常认为世上的好东西都集中在首都及近郊，在他们的眼里，像京都这样的偏远地区不可能诞生值得一提的文化。越是年轻一辈身上，这种首都文化至上的倾向就越发强烈。在与饭岛小姐对话的过程中，我切身感受到现实中存在这种思维。

对抱有这种想法的人说那不是“大文字烧”，而是“五山送火”也没有用。即使解释盂兰盆是什么，也只会让他们觉得“京都真是个乡下地方”。与饭岛小姐对谈时，我没发现这个问题，但现在写下这些话，反而让我想起一件事。京都重视并积极传承盂兰盆节的“送火”活动，可能会让首都地区的年轻人觉得京都是个老旧保守的地方。换句话说，他们有可能把包括洛中在内的京都当成落后的穷乡僻壤。这个想法倒是不坏，可以在向来瞧不起洛外的洛中人身上贴个“乡巴佬”的标签。这么一想,我是否也应该反过来支持一下“送火”这个说法呢?

十九世纪末，京都为了取悦尼古拉，就举行过一场大文字烧表演。如果把这件事拿出来说，人们也许会觉得京都是个近代化的都市。与其让他们这样想，不如继续让人以为京都是个紧抓盂兰盆节这种民俗活动不放的乡下地方。

没错。从今以后，我也来赞成“五山送火”这个说法。至少去其他地方的时候，我得强调一下“送火”的说辞。虽然这对于爱卖弄学识的我来说很痛苦，但与尼古拉相关的史实，我还是暂时咽下肚为好。

为了向洛中报仇，我暗暗下了这样的决心。

当然，如果采取这种策略，点亮鸟居图案的嵯峨也会被一起归为乡下地方。反正长年以来我已经习惯被洛中人贬低，早就对这种嘲讽视而不见，也不会觉得为难。这就是我不介意把洛中和洛外一并视为乡下的原因。

“银座”的先驱

在山上点燃“大”字的活动，并非起源于箱根。认为它是从箱根传播到京都等地的，就大错特错了。即便在东京地区，只要是稍微读过书有一点学识的人，都知道它是源于京都，绝不会出现这种误会。

那银座这个地名又如何呢？全日本有许多名为银座的闹市区。市里最热闹的一条街，经常会被命名为某某银座。这就是所谓的地方银座，像群马的前桥银座，大阪的阿倍野银座等。当然这些名字都是受到了东京银座的影响。二十世纪二三十年代，银座成为日本繁华街道的代名词，地方上的城市也希望能像东京银座一样兴盛起来，才纷纷起类似的名字。

其实，京都市也有名为银座的地区，位置在伏见区，从一丁目到四丁目。这么一说，稍微有点学识的人会觉得，京都这个银座估计是仿效东京银座吧。估计也会有人说，原来京都也有叫银座的地方啊？没想到京都也这么俗气。

喜欢历史的读者朋友大概不需要我多言，但在这里，我还是要说明一下，伏见的银座还真不能跟其他地区的银座混为一谈。这个银座的历史比东京银座更悠久，全日本第一个叫“银座”的地方，不在别处，正是在伏见。

战国时代以前，日本各地都有铸造货币的地方，品质也因地而异。德川家康为了杜绝货币品质的良莠不齐，于一六〇一年专门在伏见设置了银座，统一铸造货币。后来银座先是迁移到了京都洛中，再迁到骏府，最终转移到现在的东京银座。从历史的发展来看，现今这个从有乐町到新桥东侧一带的银座，也是后来才出现的。

当然，东京的银座并不是因为憧憬伏见的银座而仿建的。在幕府的政策下，银座在各地辗转迁移，现在的东京银座并不能视为伏见银座的下级。

前面我一直避免抬举京都，还揶揄各种洛中至上主义者。怎么可能突然开始宣扬伏见银座是东京银座的始祖呢？为了不让读者们产生疑惑，我要详细解释一下其中的原因。

前面我写的是“京都市也有银座”而不是“京都也有银座”。读者们能分辨其中的不同吗？伏见区属于京都市，在行政规划上算是京都市内的一个区。但洛中人不认为伏见区属于京都。在他们的定义里，伏见一带算是洛南，也就是洛外。如果有洛中人看到伏见人自称京都人，会认为这没准是在给自己脸上贴金。因此，我并不会把伏见和京都画上等号，这个伏见仅仅是京都市的一个行政区而已。

这个地方与嵯峨及太秦所在的右京区情况差不多。两地向来都被洛中看不起。虽然右京与伏见之间也会互相嘲讽，但生长在洛外的我，还是想大力支持同为洛外的伏见，所以才特地提起伏见的银座比东京的还要早。这个论点虽然有些牵强，但我还是要坚持到底。

况且抬举“伏见银座”，并不代表我在炫耀京都的什么，因为伏见这个地方根本就不是所谓京都人眼里的京都。事实上，洛中主义者也不会那么积极地向人们推荐伏见银座。只要能彰显洛中的历史优越感，再琐碎的小事，洛中人都会孜孜不倦地讲给你听。但要是提到伏见银座的话题，这群洛中主义者显然就低调了许多。这大概是因为他们并不把伏见视为京都的一部分。这样的论断或许有些偏激，但我的确是这么看的。这也是我提出这个略有些粗暴的伏见论的原因。

第五章

平安京的副都心

嵯峨，龟山，小仓山

京都的地名中，有许多跟历史有关、被人们所熟知的名称。比如说，我们经常看到以历代天皇和公卿贵族家命名的道路和街区。还有室町通这样的名称，会让人马上联想到日本历史上的室町时代。

京都的孩子在学习有关室町时代的知识时，说不定会产生新的感想。那条并不宽阔的道路的名称，居然能代表一个时代。虽然那里现在看起来非常不起眼，但它曾经是日本的核心。因为这个而对室町时代加深印象的孩子一定不少。

在室町通周边长大的孩子，或许会对自己生活在这里感到自豪。其中也许还有人因为这种自豪感喜欢上历史。

事实上，这条路的确和室町时代权力机构的形成密不可分。足利将军的居所建立在面向室町通的位置，并被保留了下来。把足利家统治国家的权力机构称为“室町幕府”，根本原因正是因为他们的居所在这条叫“室町”的路上。当然，把这个时代叫作“室町时代”，也是来自这条路的名字。

住在西阵附近的孩子们大概也有相似的体会。

“西阵”这个地名，源自“应仁之乱”。在那场战乱中，敌对双方的势力在京都市中心分成两个阵营，列阵于东西两侧。其中西军的据点被称为“西之阵”，也就是今天“西阵”地名的发源地。在学校里学到这样的知识，大概也能让那些在西阵附近长大的孩子欢喜雀跃。

总之，京都市处处皆是在历史课上听说过的名字。这些在书上被框起来的地名遍布整座城市。与其他城市相比，这里有让孩子们对历史产生兴趣的最佳条件。从历史教育者的角度来说，京都是一个资源非常丰富的地方。

然而，生我养我的嵯峨地区却远在洛外。对于生活在洛中的京都人来说，嵯峨无非是一个偏远的乡下地方。但是在嵯峨地区的地名里，有不少是历史上如雷贯耳的名字。在这一点上，嵯峨也与洛中相同，是一个容易让孩子们对历史产生兴趣的地方，环境与在洛中长大的孩子比起来也毫不逊色。我也是从很小的时候起就对历史产生了浓厚的兴趣。

原本嵯峨这个地名，与历史上的嵯峨天皇名字有关。平安时代初期的九世纪，天皇在北嵯峨地区修建了离宫。这座离宫名叫“嵯峨离宫”，别名“仙洞嵯峨院”。这位天皇死后被尊称为“嵯峨天皇”，也是因为晚年在此地居住，对嵯峨这块土地爱得深沉。

顺便提一句，现在的大觉寺就是在嵯峨离宫的原址上营造的。建造大觉寺的人，正是嵯峨天皇的女儿正子内亲王。嵯峨天皇的陵墓“嵯峨山上陵”也在大觉寺附近。

这段历史的详细内容，我并非自少年时代起就了解得这么清楚。大概是在上小学五六年级的时候吧，我知道了平安时代初期有这么一位曾被称为“嵯峨”的天皇。现在回想起来，我也是在很小的时候就领会到“嵯峨”这个地名有如此悠久的历史传承。

保津川的两岸，一侧为岚山，另一侧是略高的龟山公园。小时候，我常在这个小公园里玩耍，玩抓小鬼、捉迷藏、木头人等，都是愉快的童年记忆。考大学的时候，也是躲在这个小公园里硬着头皮背下了需要熟记的内容。

“龟山”这个地名，也与一位天皇的名字有关。生活在镰仓时代的龟山天皇，名字就源自这座小山丘。龟山天皇的墓地“龟山陵”修建在这座小山丘的腹地。这座山的名字，也是天皇赐名而来。

当然，在我还是个喜欢玩捉迷藏的小屁孩的时候，脑子里并没有这样的知识。直到初中毕业，才知道曾经有一位被人称呼为“龟山天皇”的天皇。而知晓龟山陵就在这里，已经是很久以后的事了。不过我还算较早觉察到公园名字和以前那位天皇的名字是相同的。

龟山公园北侧的不远处，有一座叫小仓山的小山包。从小我就听人说，小仓百人一首的“小仓”指的是这座山。著名的歌人藤原定家曾居住在小仓山，他在这里选了一百首有名的和歌。小时候我就一直琢磨，他在这座山的哪个角落究竟都做了怎样的事，这些歌又是怎样被选出来的呢?

就是这样的我，在选择大学专业的时候，却毅然选择了工科，努力抑制住了在嵯峨这块土地上培养的对历史的好奇心，奔向了毫不相干的理科的康庄大道。

然而在二十出头的时候，我突然停下了走在理科这条路上的脚步。因为无法抑制对历史的憧憬，又把研究的方向改成了文科，也就是向所谓的“转文科”迈出了一大步。

碰巧也是在这个时期，我遇到了很多不把嵯峨当回事的京都人。很可能是因为那时受到的屈辱，才使我改变了人生前进的方向。

这群京都人能摆谱，把骄傲全写在脸上，那份自信是出自历史的原因。嵯峨一带被京都人轻视的根本原因，也是出自“千年之都”这一根深蒂固的思想。但是，如果从装点了王朝美学的历史痕迹来说，嵯峨也拥有许多令人自豪的地方。嵯峨的历史可以追溯到迁都平安京以前，“渡来人”[①]秦氏一族定居于此的时代。

“没错，又是历史。要是拿历史来做挡箭牌的话，嵯峨才不会输给谁呢。反正不能让这群京都人无法无天……”大概是这样的想法在潜移默化地影响我的行为。

在我的记忆里，并没有主动改变人生轨迹的片段。可是回顾过往经历，才发现有些事确实改变了我的选择。

总之，我决定转文科的时机恰好与我对京都人产生敌视心理的时期相吻合。回过头来，以我这半生的经验来看也能说得通。我改变人生轨迹极有可能与这个因素有关。

我这个嵯峨乡下长大的人，同样拿起了以“历史”为名的武器，向这群对自身历史扬扬得意的京都人宣战。这大概也是我在不知不觉中沾染上了那些京都人的自矜之心的表现。

只要去大阪或东京，我经常被当成京都人。像我这么一

---

① 一般指在古时候由东亚迁徙到日本的移民。

个在嵯峨长大、家在宇治的人还能被当作京都人，真让人感到意外。无论我如何变换表达方式,都很容易被贴上“京都人”这个令人讨厌的标签。

终于，我发现了一个事实，那就是我已经成为一个彻头彻尾的“京都人”。常听人说，人会变得越来越像自己怀着抵触情绪看待的对象。也就是说,我不仅没能避开这个社会常理,还迎头撞了上去。

还真是让人头疼。搞不好是因为在这本书里写了京都人太多不好的地方。为了在行文中跟这群人彻底划清界限，我的言辞有时过于夸张和激烈了一点。

不过我总觉得，洛中的京都人肯定会对我这种不足挂齿的不安一笑而过。“你这种嵯峨出身的人是变不成京都人的，瞎操心什么。”

南朝旧梦的遗痕

为了更生动地讲述嵯峨的历史，我搬出了嵯峨天皇和龟山天皇。这样的写法，或许会让质疑天皇制的读者很难接受：怎么能那么盲目地把这些天皇的遗迹视为珍宝？当然，我可以辩解说，我小时候还未曾对天皇制有彻底的认识，没有发现这种制度黑暗的一面，所以才能天真地因为和天皇沾边而感到开心。但这样的辩解终究违背我的本心，即使现在我年过六旬，仍对龟山等诸位天皇怀有亲近之感。

龟山天皇可以说是日后南北朝内乱的原因。南北朝内乱起源于龟山与其兄后深草天皇的对立。这对兄弟是后嵯峨天皇的皇子。后嵯峨退位成为上皇，执行院政，先让位于后深草，让他成为次任天皇。后来却又废了后深草，改立其弟龟山为天皇。

因为父亲后嵯峨比较疼爱小儿子，所以龟山即位后，就立了龟山的皇子为皇太子。但就算是后嵯峨，似乎也无法决定身后之事该如何处理。他作为法皇掌握朝政，却没有明确交代哪个儿子及其后代更适合天皇之位。最终，他将选定院政继任者的权力交给了镰仓幕府。

其实幕府也明白，后嵯峨比较偏袒小儿子，就顺水推舟推举弟弟龟山。就这样，后嵯峨去世后，龟山继任上皇之位，他的儿子世仁亲王也即位成为后宇多天皇。到这里为止，都是在延续弟弟的血脉。

这一系列事情的发展，让哥哥后深草陷入深深的绝望，并萌生了隐居的念头。幕府一下子慌了手脚，赶忙拥立后深草的儿子熙仁亲王为新的皇太子，意图让哥哥后深草在侄子后宇多退位后掌握院政，辅佐他的儿子成为下一任天皇。一度选择支持弟弟的幕府，在此时又向哥哥示好。由于幕府这种暧昧不明的态度，让皇统分成了两派。皇位开始由兄弟二人的子嗣轮流继承。这两派血统之间的反目，便是引发南北朝内乱的起因。

哥哥后深草一派的血统，因为以持明院为上皇居所而被称为持明院统。弟弟龟山一派则被称为大觉寺统，据说是因为龟山皇统一脉的后宇多在大觉寺度过了法皇[1]时代，故而得名。

以大觉寺为据点的皇统，史称大觉寺统。我在十五岁的时候得知了这段历史，便成为大觉寺统的忠实支持者。因为从我家到大觉寺走路只需要十分钟。对我来说，这座寺院算是近邻，支持它的根本原因也是因为邻里之仪。

众所周知，大觉寺统后来由南北朝时代的南朝继承，打倒了镰仓幕府，日后遭到足利尊氏背叛的后醍醐天皇也是这支血统的后裔。因此少年时代，我开始崇拜后醍醐天皇以后的南朝，对大觉寺统的感情愈发强烈起来。

---

① 即太上法皇，是日本历史上的太上皇出家遁入佛门后的称号。

因为儿时家附近有大觉寺，所以支持大觉寺统即南朝。这种亲近感的产生正是因为大觉寺和大觉寺统的名字相关。长大以后了解大觉寺的历史，对它的共鸣就更强烈了。刚才提到大觉寺统是因为后宇多天皇曾经在此居住而得名，但其实住过大觉寺的不止后宇多一个人，后嵯峨和龟山成为上皇后，也曾在大觉寺居住。不仅如此，他们后裔中的上皇和皇子也都在这里生活过。

关于后宇多天皇，有一点值得一提，他在大觉寺内修建了仙洞御所，并将此处作为他执行院政的办公地点。虽然是十四世纪初的事，但在长达几十年的时间里，京都的政治中心都在离我家不远的大觉寺。后宇多的祖父后嵯峨在龟山脚下兴建房舍，营造了一处御所。而龟山院和后宇多本人同样把这里当作自己的居所。当时在此地营建的嵯峨殿和龟山殿无人不知，无人不晓。

这片故地现在变成了天龙寺。这座位于龟山公园山脚的寺院离我家不远。看来我似乎是在大觉寺统的势力范围内长大成人，或者说成长于南朝支配的这一带区域的正中心。

同样在离我家走路只有三分钟的地方，有座天龙寺派的寺院宝筐院，因为被称作“小楠公”的楠木正行的墓在这里而广为人知。小楠公和父亲正成为了保护南朝勉力抗击足利军。这位南朝重臣就被葬在这里。

嵯峨的古老地层里深藏着与大觉寺统，也就是南朝千丝万缕的联系。虽然如今过往已经随风而逝，仅能从一些地方的标识看得出来，那一带曾是极具南朝灵气的地方。当然，我不是说真的有古人的灵魂四处游荡的意思。

了解嵯峨的南朝史后，我逐渐从中小学阶段那种懵懂的共鸣感中脱离，更加发自内心地支持南朝。嵯峨现在除了是我的故乡之外，更是南朝势力编织出的旧梦的遗痕。

南北朝与嵯峨室町

了解历史的人都知道，南北朝的内乱最终以北朝的胜利宣告结束。十四世纪末，双方达成和解，虽然形式上不分伯仲，但南朝一方提出的和解条件却一个个遭到践踏。直到现在，天皇之位依然由北朝皇统独占。这场超过半个世纪的内乱，其实胜负早在最初就已见分晓。单从军事力量上比，北朝要远远胜于南朝，所以南朝只能靠打游击战赢得活路。

战火始于一三三六年。足利尊氏因不满后醍醐天皇执政，将后醍醐驱赶出京都，紧接着还放火烧毁了嵯峨的大觉寺。

这显然是对后醍醐一方大觉寺统的根据地采取的毁灭性打击。三年后，逃到吉野的后醍醐天皇病死。足利尊氏接到消息，随即攻下嵯峨的龟山殿，将那一带改建为禅宗寺院，也就是今天的天龙寺，相当于抢在大觉寺统继承后嵯峨院的根据地之前将其据为己有。

从此以后，天龙寺成为北朝室町幕府的寺院，寺域也逐步扩大。在寺院的掩护下，大觉寺统的资产被转移到了幕府手里，或者该说是遭到了幕府的掠夺。尊氏实施的这些行动，再次说明了嵯峨这块土地的地位和重要性。敌方认为只要镇压这个地区，南朝的力量就会被完全削弱。而对于南朝来说，这里就是如此重要的生命线。

大觉寺统的历代上皇曾经一度在嵯峨执行政务。有那么一段时期，它称得上是平安京的副都心。但自从南朝势力被驱逐之后，此地的性质也发生了改变，成了一片寺塔林立的地方，失去了昔日作为政治舞台的风采。如今它甚至被洛中的京都人视为荒芜的穷乡僻壤。

足利尊氏一生都在征战之中，是一位纯粹的武将。但到了第三代将军足利义满的时候，室町幕府已经建立起稳定的统治机构，并在室町通的北边兴建将军邸。附带一提，北朝皇统的据点持明院碰巧就在将军邸的对面。室町通因此成了政治舞台的中心，也成为足利北朝体制的轴心。

此后，室町通逐渐发展为支撑京都的大动脉。这里原本就十分热闹，现在更蜕变为仿佛带着某种特权的街道。平安京原本的中轴朱雀大道的地位也被这条路取代。随着室町幕府的成长，室町通扮演着中心的角色。一直到江户时代，不，甚至直到今日，它都是引领京都经济的火车头。洛中人士对京都的自豪感，就源自以这条路为中心的地区。

不知各位读者是否明白，京都人对嵯峨的露骨歧视，起因可以追溯到南北朝。室町通正是在嵯峨步入衰退期时一路跃升为热闹的都市中心街道。作为政治中心，室町通更是与嵯峨地位互换一般，取代嵯峨成为新的政治舞台。从嵯峨夺走政治权力的幕府，将政权据点安插在了室町通的沿线。在它的延长线上，便可以看到现在洛中人轻视嵯峨等洛外的地域差别观念。像什么“嵯峨的百姓经常来我家挑粪”，还有“那附近的嵯峨人说话口音太奇怪了”之类的言论就是这么来的。

围绕室町通产生的洛中优越感随着北朝的兴盛日益增长。嵯峨的繁荣则随着南朝的衰亡逐渐消失。不可一世的洛中和被侮蔑轻视的嵯峨乡下，这种对比的习俗就根植于北朝胜利后营造出来的新秩序观念。

如果那时最终胜利的是南朝的话，嵯峨大概能继续维持平安京副都心的作用。拥戴北朝的足利将军的门前町也不会一跃成为时代的中心。这样基于历史的想象让我至今仍然站在南朝一方，并为其感到惋惜。

我并非基于水户学[①]的“尊王论”或是“皇国史观”才支持南朝，对儒家的忠君思想更是不屑一顾。正是深爱嵯峨的乡土情结，让我的心更贴近南朝，所以不要因为我是南朝派，就给我贴上右翼或民族主义者的标签。

不过，这样的乡情与南朝紧密联结在一起，也是天皇制的可怕之处。或许我也是在不知不觉中落入了这种思维的套路。但即便我明白其中的道理，也不会改变自己的立场，今后还会继续支持被逐出嵯峨的大觉寺统。只能说，长年来沦为洛中人唯我独尊思想的牺牲品，我的怨念已然积重难返了。

镇魂之寺

就像前面提到的，后醍醐天皇在内乱爆发三年后就病逝了。据说直到死前，他都念念不忘要打倒足利尊氏，重返京

---

① 是一门在日本水户藩（现茨城县北部）形成的学问，是明治维新的思想来源之一。

都。是历史上心愿未了、抱憾而死的天皇之一。当时的人认为，这样的人无法被超度成佛，还有可能化为怨灵作祟。为了不让怨灵给世人带来灾害，需要采取宗教的方式进行化解。其中一个办法就是建立菩提寺，以祭祀和告慰亡魂。

据说嵯峨的天龙寺就是为了这个目的建造的。尊氏害怕后醍醐死后变成怨灵，便建造天龙寺来镇魂。我小时候听到这件事，以自己的方式诠释了镇魂的概念，也大致理解了后醍醐这样的人可能会化作怨灵作祟的观点。在我看来，足利尊氏能意识到这点，也算是一位内心缜密的武将。但长大之后，我对天龙寺的看法却重新发生了改变。

天龙寺建在龟山殿，也就是后嵯峨上皇的离宫原址上。尊氏选择在这个昔日大觉寺一派政治机构林立的地点修建自己的寺院，说白了就是为了掠夺南朝资产。安抚后醍醐的亡魂只是个名目，什么镇魂，不过是强盗的一番托词罢了。

据说尊氏决定修建天龙寺，是采纳了禅僧梦窗疏石的建议。某天晚上，疏石梦见了已经去世的后醍醐天皇。在梦中，后醍醐天皇率领队伍往嵯峨龟山行进。梦中的这个行幸[①]场景，让疏石强烈感受到后醍醐对此地有非比寻常的执念。因

① 指天皇的外出。

此他才建议尊氏在此修建天龙寺。这件事是真是假无人知晓，即便是史实，我长大后也觉得这吃相太难看了。

疏石是天龙寺的开山祖师，余生是在天龙寺对面的临川寺度过的。追根究底，天龙寺及周边区域是由疏石治理的。难不成疏石也想要一个可以掌握巨大势力的机构？而后醍醐的寺院对他来说，正是千载难逢的好机会。他说梦到后醍醐回到龟山，或许也是为了怂恿尊氏建造天龙寺而捏造的。

再说，疏石是一名禅僧。一个佛教徒本该否定怨灵的存在。他本该安抚和引导害怕后醍醐怨灵的尊氏，坚决地告诉他世上没有那种东西。尽管如此，疏石却无视禅宗的教义，和尊氏一起建立天龙寺。我不免揣测，疏石的目的是为了拥有属于自己的寺院，任由自己强大的欲望摆布。

总而言之，疏石的提议让尊氏获得了建造天龙寺的正当理由，光明正大地接收了大觉寺一派的资产。出现在疏石梦中的后醍醐，也可以拿来当作推动计划的绝妙借口。有一段时期，我深信尊氏与疏石狼狈为奸，两人心中大概都在暗想“兄弟你可真够坏的”。就在这各怀鬼胎的状况下，天龙寺诞生了。

不过等我上了年纪，即将步入老年的时候，想法却再一次改变了。现在我渐渐觉得，尊氏有可能是真心害怕后醍醐化成怨灵来报复自己。嵯峨这个地方是南朝的根基，龟山更是其中的重要据点。尊氏将自己的君主后醍醐的地盘占为己有，内心多少还是有些内疚吧。所以日后他对背叛后醍醐感到愧疚，并不是什么不可思议的事情。他将从后醍醐手上夺来的龟山改建为天龙寺，大约也是为了抚慰后醍醐的亡魂。尊氏可能真的怀有这样的赎罪之心，最近我对此深信不疑。

或许是上了年纪，人也开始变得温和起来，所以容易有这种比较天真的想法。但即使是在日益世俗化的现代社会，也常有孤独的成功人士投身于奇怪的信仰。这大概也是打倒众多对手登上人生巅峰后的领袖人物常见的心路历程。

尊氏在一个人人极度恐惧怨灵的时代，背叛了后醍醐天皇。我们无法断定他会不会对自己犯下的罪行感到畏惧。更何况后醍醐还曾经试图利用密教咒法摧毁镰仓幕府，武将尊氏对后醍醐崇信异法的一面十分了解，很难想象他会对无法忘怀京都和龟山的后醍醐无动于衷。

当然，尊氏也有可能是个浑身是胆的武人，根本不把怨灵放在心上。或许他早就做好心理准备，根本不怕南朝的怨灵——来多少都无所谓，尽管放马过来！但即使尊氏天不怕地不怕，事情也没这么简单。当时京都一旦发生灾害或流行疫病，肯定会联想到后醍醐的怨灵作祟，即便他本人满不在乎，民心也会出现动摇。

稍不小心，就会有人抨击无法镇慰后醍醐怨灵的尊氏。从这个角度来看，身为施政者的尊氏也必须倾尽全力去镇魂，最起码也得装出努力镇魂的样子，否则到手的江山将岌岌可危。那个时代就是这样。从这层意义来说，天龙寺的建造还是带有应对后醍醐怨灵的意味。至少从表面上来看，的确承担了这样的作用。

天龙寺和法隆寺

足利尊氏恐惧后醍醐天皇怨灵作祟，为了镇魂而建造了天龙寺。博览群书的读者看到这里，或许会想起梅原猛先生的法隆寺论。梅原先生曾围绕圣德太子一族和法隆寺的关系写过一本名为“隐藏的十字架”的书。他认为法隆寺是封印圣德太子一族怨灵的寺院。这本畅销书的内容，年轻一代的读者或许不是那么熟悉，先大概介绍一下。

圣德太子的儿子山背大兄王及其一族在六四三年遭受了灭门之灾。后来苏我氏也被彻底剿清，藤原氏代替苏我氏掌握了朝野大权。极尽荣华的藤原一族此后却时不时被病魔缠身，成员接连死于非命。藤原氏认为这是圣德太子一族和苏我氏的怨灵作祟，十分惧怕。只要遇到不幸之事，他们就会向法隆寺捐献大量财物，抚慰那些死于先祖之手的亡魂。重建之后，法隆寺成为胜利者安抚败北者灵魂的地方。梅原先生认为，法隆寺就是为了平息圣德太子等人的怨灵而再建的。

日本史学界基本不承认这个大胆的说法。由于论述有些不太可靠，专家们都对它敬而远之。一直以来，史学界认为平安时代以前是不存在“御灵信仰”的，也找不到相关史料。一般认为祭祀在政治斗争中失败一方的做法始于九世纪中后期。但梅原先生主张在七世纪前半期，遭到灭门的圣德太子一族之灵也该被视作怨灵。但这个推论无法通过史学文献的论证方法来验证，史学家也不知如何回应。

赢得了战争，却无法安享胜利的果实，这种情况在现代社会也很常见。面对败北者的怨恨，很少有人能安然自得。胜利的一方多少总会感到亏欠和内疚。特别是以暗算或背叛等手段获得胜利的赢家，更容易萌生这样的不安。

如果是现代人，会将这种恐惧看作正常的心理反应。赢得胜利感到心虚的时候，会鼓舞自己应该更坚强一点，或者向心理咨询师寻求帮助。但在过去，人们把这类内心的惶恐不安归结于怨灵作祟，不会想到正是因为自己有心病，才有这些不祥的联想。人们曾一度认为败北者怀恨在心，死后化成冤魂去折磨胜利者。那不是当事人的心理有问题，而是他人的怨灵引发了不安。胜利者甚至把周围出现的问题都怪罪到怨灵头上，亲人的不幸或自然灾害统统视为怨灵作祟招致的灾祸。

在这样的时代，能够驱除怨灵的人会得到重用。咒术师与祈祷师受到当权者的器重，权贵云集的京城中汇聚了来自不同领域的灵媒师。京城内政治斗争如同家常便饭，正因如此，京都这座城市成了一座颇具规模的灵异之都。

当人们认为怨灵力量过于强大的时候，也会采用将其神格化的办法。政治斗争的胜利者往往将失败者作为神明来祭祀。“求求你别再带给我们灾害了，今后我们会崇敬你为神明，请你安分一些吧。”胜利者与后裔怀着这份期盼，将败北者抬上神位，在现实世界掌握大权的人，却将对手送上了虚幻世界的宝座。

前面提到过，现存史料证实了将败北者神格化的现象出现在平安时代以后。八世纪的早良亲王、十世纪的菅原道真等都是有名的例子。这类做法是否如同梅原先生所讲，可以追溯到更早的时代？我个人认为平安时代以前大概就有了，只是难以在文献上找到证据。

现在的法隆寺是藤原氏为了安抚圣德太子一族之灵而修

建。第一次读到梅原先生这个观点时，我就想起了天龙寺。建寺传说幼时就已耳熟能详：足利尊氏建立天龙寺，以免让后醍醐天皇飘零在人世间的孤魂无依无靠。梅原先生提倡的法隆寺论与天龙寺的传说倒是极为相似。这法隆寺新说难不成是把天龙寺传说往前挪了六百年？读完《隐藏的十字架》后，我不禁产生了这样的疑惑。

后来得知，我的读后感与梅原先生的初衷十分接近。梅原先生也十分坦诚地写下了他是如何得到这个灵感的。“我应该感谢天龙寺。我提出法隆寺是圣德太子一族怨灵的镇魂之寺的假设，就是从足利尊氏建立天龙寺，以安抚后醍醐天皇之灵的事情中联想到的。”（《发现京都（八）：禅与室町文化》）

梅原先生提出的法隆寺论，根源果然就在天龙寺。他笔下的法隆寺活脱脱就是天龙寺。我反复强调，这是一场哲学性质的知识冒险，无法确定结论到底正确与否。这件事既难以证明，也不好完全推翻。不过这种说法令我十分中意，我也一直支持这种说法，算是自己偏爱的历史诠释之一。

之所以中意这种说法，也是因为它满足了我对故乡的热爱之情。这种说法的源头就来自我的故乡嵯峨，是我经常去散步的天龙寺激发了梅原先生的灵感。故乡的古寺为研究更古老时代的精神传统带来了新的可能性。无须否认，我喜欢上这个说法的契机就在这里。这让我深切地认识到自己对故乡那超越了常理和是非的情感。

从神秘学中解放的一代人

我生于二十世纪中叶，活在当今的二十一世纪。我没有任何信仰，如果问我信什么教，只能说自己是无神论者。尽管每年过年去神社参拜的时候，我都会祈祷一下阪神虎队今年能拿冠军。这大概和我过得还算富裕幸福有关吧。不过生活得十分宽裕的人，也很难说不会和神佛扯上关系，就算扯上了一点关系，也未必会产生受某种超出人类智慧的力量护佑的感受。

如今，对于如何被京都人瞧不起这件事，我已经不怎么在乎了。我可以站在相对客观的角度看待他们的高傲自大，也能反过来怜悯他们。但唯有阪神虎棒球队的战绩牵动着我的喜忧，我自己也无法控制这种情绪，因此不得不合掌祈求神佛。

我觉得自己是幸福的，但也对这样的境况感到有些心虚，认为自己富足的生活是建立在某些人的牺牲之上。当我享受着现代资本主义的硕果时，这世上也有不少人得不到应有的回报。世界上有太多被不幸包围的人。这样的认知总令我自责，说得更夸张一点，就是时刻都让我的内心感到煎熬。

这就是尽管个人能力有限，有时我还是会响应一些慈善活动的原因。我想减轻自己因为过着优越生活而产生的内疚。出于这种赎罪的心理，我会捐献小小的心意给各种慈善团体。这是真正发自内心的义举，可不是京都那些观光寺院搞的流于形式的“志纳金”。

我捐赠的金额很少，次数也不多，拿自己的事例来讨论实在让人见笑。之所以提起这微不足道的行为，是为了引出下面的内容。身为现代人的我虽然没有信仰，但是改头换面后的怨灵思想却深植于脑海中。为了避免被怀恨而死的怨灵侵扰，便用祭祀来慰藉灵魂。我参与慈善活动也是如此，无非是为了求得心灵的平和。

对不起，我是生活得还不错，但请不要怨恨我，也不要来侵扰我，我一定会在力所能及的范围内展现自己的诚意——我做慈善的心态里也多少含有这样的想法。在我看来，这是怨灵思想在当代转生以后的新形态。

一般认为，对怨灵的信仰到了日本战国时代以后日渐式微，最后以祭祀后醍醐天皇的天龙寺画上句号。的确，在战国乱世结束后，对神的信仰出现了新变化。除了将败者推上神坛，更有胜者开始自封为神。例如丰国神社祭祀的丰臣秀吉、东照宫祭祀的德川家康就是典型代表。

惧怕被自己打败的人死后化成怨灵作祟，胜者便修建寺庙或神社镇魂。直到中世以后，胜者们逐渐不再对败者的怨灵抱有恐惧感了。到了近世，开始出现胜者将自己作为神明奉上神坛的现象，随后，为了表彰历史人物而兴建的个人纪念馆性质的神社也逐渐增多。简单来说，这代表着人们逐渐从迷信的魔法中解放出来。神社佛寺的功能从原本迷信的镇魂，变成了接近世俗意义的纪念馆形式，这种变化越来越合乎常理。

现代人可以靠自己的力量去克服击败对手所带来的愧疚感。即便要借助他人的力量，求助于灵媒师的人也越来越少，更不会为了这种微小的内心感受去修建神社佛寺之类。如果认为自己的幸福是建立在他人的牺牲之上，为此责备自己的话，或许可以尝试参与世俗的慈善事业，兴许就能消除心中的种种不安。为了驱逐不安而去建立什么新宗教场所的人，真的不多见了。

即便如此，怨灵思想对内心深处的影响依然存在。它还是像以往一样发挥着作用，只是救赎的手段从宗教转移到了心理治疗或慈善活动这类世俗领域。现代与相信怨灵的古代不同的地方就在这里。但害怕遭到不幸，担心他人报复的心理或许从未改变过。只要从这个角度出发，现代人或许也能体会到存在于那个时代的怨灵思想。

儒学者与说书人

明治维新后，新政权认定南朝为日本皇室正统的皇位继承者。在足利氏支持下登基的北朝天皇并不包括在正统皇位继承者的顺序里。坐镇于吉野山的南朝，即吉野朝廷的天皇们才是正统的。

事实上，明治政府拥立的明治天皇就是北朝皇统的后人。但是关于这一问题，政府以明治天皇是南北朝统一后即位的天皇为由，坚定地认为两朝统一是得到了南朝的同意才得以实现的，所以现在的皇统被视为南朝的存续也是理所应当。即便他们知道和歌山附近可能有真正意义上的南朝后人，也故意不去寻找。

室町时代的足利政权自然认为自己拥护的北朝政权才是正统。就连京都的朝廷，到幕末为止都一直贯彻着尊奉北朝皇统的历史观。但是，一部分儒学者从道德的制高点出发，试图找出南朝的正统性。到了儒学兴盛的江户时代，支持南朝的观点逐渐传播开来。

到了幕末时期，出现了从这种观点出发批判江户幕府的声浪。江户幕府和室町幕府的将军体制同为武家政权，自然是北朝皇统的后盾。因此，拥护南朝正统说的儒学式见解反而开始染上倒幕的色彩。

最终推翻幕府的势力，自然会支持南朝的历史观。明治维新政府尊奉南朝为正统，也可以视为随大势所趋作出的判断。明治政府在夺取政权后，公开承认了推动倒幕力量的南朝正统论。

在这样的背景下，进入帝国时代后，舆论环境形成了一种有些僵化的局面。比方说，当时的历史教育禁止将南北朝并列讲授，甚至还发生过因为赞扬足利尊氏而导致大臣丢官的事件。到了现代，南朝正统论被认为是象征战前黑暗时代的违背历史进程的言论，这让支持南朝的我有些为难。

话题回到帝国时代之前。前面我提过由于儒学的普及，出现了南朝才是正统的观点，并成为批判幕府人士的思想归宿。但仅靠这一点并不足以说明一切，我认为还有另一种潜藏在人们内心深处的传统思想，共同引发了对南朝的共鸣。

遭到足利尊氏背叛的王公贵族们逃往南方，在行宫建立起南朝的落魄朝廷。领导南朝的后醍醐天皇心心念念的就是有朝一日重返京都。然而后醍醐的梦想始终没有实现，他怀着对京都的眷恋抱憾而死。足利尊氏害怕后醍醐天皇的怨灵作祟，于是兴建了天龙寺。但害怕后醍醐怨灵的或许不只是尊氏一个人，当时许多人应该都惦念着这位在吉野含恨而终的天皇，想好好地祭奠和超度他。

后醍醐天皇怀着莫大的冤屈而死，百姓自然担心他的怨灵会给世间带来巨大的灾祸。这就是我认为镇魂思想会广受人们接纳并流传开来的原因。歌颂后醍醐与南朝的小说《太平记》广受民众喜爱，追随后醍醐的武将楠木正成等也被时人奉为英雄。最重要的是《太平记》所要表达的世界观通过说书人之口，广泛地传播给了普通百姓。

正是从这个时候开始，出现了为含恨而死的败者们摇旗呐喊的镇魂行动。为了给后醍醐和他的幕僚镇魂，开启了将他们神话化的机制。但也正是这套机制，使得人们越发地意识到南朝怨灵的存在。若只是单靠儒学者提倡，视南朝为正统的说法未必能流传如此之广，但以镇魂为目的编造神话故事就不一样了。这理应算是该观点普及到日本全国的原因之一。

顺带讲一下，《日本书纪》等书中提到的圣德太子传说，也非常像是神话。尽管圣德太子所处的年代并非神话时代，但他的作为却被描写得远超常人。翻遍史书也找不到能超越圣德太子形象的历史人物。

这样的历史记载也让我意识到了其中深藏着镇魂的可能性，仿佛能从中读出毁灭太子一族之人的赎罪之情。其实太子一族是因为政治斗争被杀，为了赎罪，胜者在历史书中将太子描写成一个无与伦比的天才。我认为正是这种忏悔之情的存在，直接影响了《日本书纪》等史书的描述。

不知是否正如梅原先生所言，连法隆寺也是为了镇魂而重新修建的。但从圣德太子传的记述中，或许可以读出畏惧怨灵的心境。从这个意义上说，我也赞同梅原先生的说法。

日本的国旗与国歌

一些人把明治维新定义为无流血革命，这是不正确的。上一章提到，明治政权经历了越后、长冈及会津等血战后才得以成立。成立之后，又在西南战争等战役中造成了莫大的牺牲。但明治的新体制并未对消灭掉的政敌进行镇魂。看看明治政府在会津战役后的冷酷处理即可明白，他们显然并不害怕战死者变成怨灵。

新政权的慰灵对象仅限于讨幕派，也就是官军中的战死者。至于那些死去的乱臣贼子则统统视而不见。

政权建立后的内战也是一样，招魂社祭祀的对象并不包括西南战争的败者西乡隆盛一派。引发佐贺之乱的江藤新平一派的亡魂，也被放置一边无人理睬。甲午战争后的对外战争，成为慰灵对象的也只有己方的战死者。

若是遵照中世以前的怨灵思想，敌方的灵魂才更应该虔诚地祭祀，就像如此这般的做法：

“佐幕派，特别是会津的人们啊，请原谅我们吧。为了建立新政权，当时必须要你们流血牺牲。杀戮是无法避免的，但请你们不要怨恨我们，不要变成怨灵来诅咒我们啊！我们会为你们建造宏伟的神殿，把你们作为神明来祭祀……”

“西乡，很抱歉让西南战争变成一场残酷的战役。但如果不这么做，这个新政权将难以维持，一切都是迫不得已啊，拜托了！你千万不要变成怨灵来诅咒我们！我们会以举国之力，将你和追随你的武士们作为神明来供奉……”

但明治政府完全没有表现出这样的关怀，那些被镇压、被判大逆之罪死去的人们，也遭到了相同的处置。

怀恨而死的人会变成怨灵在人间作祟——只能说自古流

传的怨灵思想到了近代已经影响甚微。明治的近代社会克服了怨灵思想这种古老的神秘主义，尽管他们依然在文艺和历史中保留了美化为国牺牲者的传统。

不过现在为了政权与国家而死去的牺牲者，待遇却比过去优越得多。政府不再关注敌对者，而是致力于大肆宣传己方的牺牲者。目前还没有关于这种转变的相关研究，我也精力有限，但毫无疑问，其中牵涉日本灵魂观的近代化问题。

也许是因为我成长在嵯峨，与祭祀后醍醐的天龙寺感觉十分亲近的缘故，我对供养敌方的观念没有太大的排斥心理。虽然我是一个毫无信仰之心的现代人，但可以理解这种观念，反倒无法认同只祭祀自己人的靖国神社。简单说来，或许是我这个人太过古板。嵯峨这块土地传承了自平安时代以来的历史风俗，让我的感性也变得相对保守传统起来。

与人谈论起靖国问题时，我都会搬出南北朝时代天龙寺的话题，这算是常用的论证手法。我这种做法，或许会让其他地方的人觉得确实像京都人的论调。就像京都人提到“前回打仗”，一定会搬出应仁之乱一样。应该也有人觉得，井上总说自己是嵯峨长大的，可那絮絮叨叨犹如裹脚布般的叙事手法，简直与京都人如出一辙。或许还真让人家说对了，为了与洛中的京都人抗衡，我变得越发像他们了。

既然如此，那就再多说几句。有人主张国旗日之丸、国歌《君之代》是日本的传统，这点更是令我匪夷所思。国旗和国歌是在东京成为首都之后才出现的新象征，在嵯峨还是副都心的平安、镰仓时代，根本连个影儿都没有。我很想质问他们，这其中何来传统可言？东京政府为什么总爱挥舞着那些在近代化进程中挖空心思搞出来的“旗帜”？这种做法令我嗤之以鼻。

当然，我并不是要从京都的文化中挑出某些元素来强制大家接受，也绝不想把嵯峨文化上升为国家象征，请不要误会。我深爱故乡嵯峨，但不想把它强加于人，使它沦为被埋怨的对象。让人们全盘接受东京时代[①]的产物，从某种角度来考虑更是令人惊异。

啊！写到这里我才意识到，这些话与那些大肆宣扬京都唯我独尊的人又有什么不一样？我这辈子在京都近郊住了六十年之久，难不成也彻底被京都的作风沾染了？这大概就是我想强调自己与京都人不同的原因，毕竟唯有双方半斤八两，才会想方设法让自己显得与众不同吧。

---

① 东京时代是日本历史划分的一个概念，指 1869 年天皇第二次行幸东京，政府移往东京之后的日本。

后记　“七”应该读作“hichi”

“七五三”一词，我一直读成“hichigosan”，绝不是“shichigosan”。对我来说，七就应该读作“hichi”，“shichi”的发音听上去怪不舒服的。不只是七五三，“七五调”也读作“hichigocho”而不是“shichigocho”；“七面鸟”是“hichimencho”而不是“shichimecho”；“七福神”也是“hichifukujin”而不是“shichifukujin”。

我从来不觉得七能读作“shichi”，直到四十多岁以后，才第一次知道现行的国语，即中央政府指定的日语里规定“七”的发音是“shichi”。

不不，搞不好我读小学那会儿学的确实是“shichi”，但身边人都读作了“hichi”。即便是该教学生读“shichi”的老师，日常对话中也应该都是发“hichi”这个音的。

东京政府赋予“shichi”这个发音正统性，让国语辞典不再承认“shichi”以外的读法。直到一九九六年，我在四十一岁那年的春天才得知这个事实。

这一年，我在朝日新闻社出版局的书籍编辑部出版了一本书，名叫《战时的日本建筑家》，主题是战前和战时的建筑史。其中一部分内容提到了七七禁令(1940 年 7 月 7 日施行)。我用了一定的篇幅来介绍这个在禁止奢侈的同时也限制了建筑表现力的法规，并把它列入书末的索引之中，方便读者阅读查询。

但当时我是把“七七”读成“hichihichi”。在整理五十音顺的索引时，一开始也是把它放在 ha 行里，依照“非常时”(hijyoji，非常时期)、“七七禁令”、“希特勒”(hitora)这样的顺序进行编排。但这份索引引来了编辑部的强烈反对。七七禁令怎么会夹在非常时期和希特勒的中间?！七七禁令读作“shichishichikinrei”，当然应该放在 sa 行才对。编辑部十分傲慢地对我提出了要求，向来将七七读成“hichihichi”的我当然要反抗一下：“shichi-shichi”是哪门子的日语？这里就应该遵照我本人的编法才对。

最初，我的确是这么告诉编辑部的，但为了慎重起见，还是查了一下国语辞典。结果发现现在的国语规定“shichi”才是标准的发音，“hichi”仅仅是个方言发音。在人生将近过半的年纪，我才认清了这个事实。

最终，我还是被东京的编辑部说服了。应该说是朝日新闻社编辑部凭借着中央政府的权威，迫使我不得不服从。“七七禁令”被移到了“sa”行，放在了“芝加哥世界博览会”(shikago-bangokuhakurankai)和“芝区役所”(shibakuyakusyo)之间。接受这项变更令我痛苦万分，当时的我简直把自己当成了悲剧的主角。啊！我一直相信的“hichi”，就这么被权威的爪牙蹂躏了。

京都有许多包含七字的地名，像七条、七本松、上七轩等。本地人会将它们分别读作“hichijo”“hichihonmatsu”和“kamihichiken”。有些上了年纪的人，也会把七条读作“hiccho”。但是路标上的罗马字音地名，“七”则全都统一写作“shichi”。七条与七本松交会的十字路口，更像是向过往行人提醒它的读音似的，高高悬挂的牌子上写着罗马字“shichijo shichihonmatsu”。

霞之关[①]的中央官员不承认各地自古以来地名的读法，只

① 位于东京，是日本主要政府机构的集中所在地，常用来代指政府。

允许符合国语政策的读音成为马路上的地名标识。即使在京都，也要向人们赤裸裸地展示这种中央集权式的做法。

我曾经在京阪电车的七条站目睹过这样一幕。当时我正搭乘一辆从南向北行驶的电车，当靠近七条站的时候，车厢内开始广播“shichijo”。无论是交通机构还是电车内的广播，任何时候都严格遵守中央政府的规定。虽然我写的是“任何时候”，但这件事发生的时间是一九九六年以后的某一天。

下车出站以后，我仔细注意周围，站名的罗马音标识是“shichijo”。京都被中央政府蹂躏的残酷景象，真是随处可见。在我迈步想走出检票口的时候，一个跟我前后脚下车的老太太突然大声怒骂起来：“什么？这里不是四条？才刚到七条?！”

大家觉察到问题的所在了吗？老太太听到车内广播的“shichijo”，误以为是“shijo”。她听到“shi”这个音便条件反射地以为是“四条”。因为在关西，以“shi”开头的数字就只有“四”，大阪和滋贺的人也可能像这样听错。

当时，月台上同样可以听到站内的广播声：“shichijo，shichijo。”老太太听到报站又破口大骂：“又报 shichijo，这世上哪有这么奇怪的日语！”

“没错！老太太，您说的一点都不错。我也跟您一样，因为这件事吃足了苦头。我们俩都是惨遭国家权力践踏的受害者。”

我在心底默默回应她，大概眼角都泛起泪花了吧，甚至还有上前一把抱住她的冲动。但我终究没敢真的这么做。

顺带一提，最近京都市内的公交车的车内广播，已经开始将“七条”的发音改为“nanajo”。因为“shichi”和“shi”太容易听混，所以逐渐把七的读音改为训读[1]音的“nana”。

这确实是不会违背国语政策的两全之策，但与地名原本的读音“hichijo”“hiccho”相差更远了。这让我深切地感受到在东京的压力下，京都的地名读音变得越来越诡异。

在这本书里，我写了很多京都洛中的坏话，谈论了生长在洛外的我为何无法认同洛中，但唯独在“七”的读音上，我的观点和京都洛中人高度保持一致。唯有这一点，让我可以和京都人站在同一阵营里，尽管洛中人觉得被我这种人亲近只会是大麻烦。

我知道把“七”读作“hichi”的共鸣简直微乎其微。但正是有这种自觉，一旦找到共鸣才会回应得分外激烈。现在的我，终于能够冷静地审视在七条站时内心的激动了。

① 日文汉字的发音方式之一，另外还有音读。

话虽然说了这么多，但我一直生活在京都近郊，并不是发自内心地想和这座城市彻底断绝关系。为了继续住下去，靠的就只有这若有若无的凝聚力了。

在本书中，我曾提到过“上七轩”这个地名。初校的原稿旁标记的读音是“kamishichiken”，果然，东京的校对员只会把“七”读成“shichi”。从前朝日新闻社的编辑部逼迫我将“七七禁令”改成“shichishichi”，而它的后身朝日新闻出版现在又一次强迫我接受“shichi”这个读音。

遇到七七禁令问题时，我认为标成“shichi”是迫不得已。不过从那以后，包括历史用语在内，我都决定配合东京方面。即使是一辈子都在京都度过的后鸟羽天皇的母亲七条院，她的名字被读成“shichijoin”也没关系。就连七卿落难[①]也是，虽然七卿都是幕末的京都人，但也只能读成“shichikyoochi”了。

唯独地名这一点我不想让步。包括我本人在内，还有住在京都及周边的人，都把上七轩读成“kamihichiken”，没有一个人会说“kamishichiken”。有很多本地人不知道七条院是谁，但是他们都知道上七轩读作“kamihichiken”。这就是我不想在地名上做出退让的原因。我没打算把镰仓的七里滨也

① 日本江户时代末期，八月十八日政变后七位公卿逃出京都的事件。

改成“hichirigahama”，既然是镰仓的地名，继续依照他们本地的习惯叫“shichirigahama”吧，只要别把京都的上七轩改名叫“kamishichiken”就行。

我不知道朝日新闻出版最终会怎么做，可能他们读完这篇后记以后，仍然坚持把上七轩标成“kamishichiken”。与其那样，我宁愿他们别标出读音，只放上汉字就好。但如果这本书里的上七轩还是被标上了“kamishichiken”，那就请你们这么想：继七七禁令之后，井上又一次输啦！尽管我受虐心理作祟，正在某处低语：哎，那样也无所谓啦。

图书在版编目（CIP）数据

讨厌的京都 /（日）井上章一著；龚婷译. -- 海口：南海出版公司，2021.3
ISBN 978-7-5442-8704-3

Ⅰ. ①讨… Ⅱ. ①井… ②龚… Ⅲ. ①随笔－作品集－日本－现代 Ⅳ. ①I313.65

中国版本图书馆CIP数据核字(2020)第167716号

著作权合同登记号 图字：30-2017-139

讨厌的京都
〔日〕井上章一 著
龚婷 译

出　　版 南海出版公司 (0898)66568511
　　　　 海口市海秀中路51号星华大厦五楼　邮编 570206
发　　行 新经典发行有限公司
　　　　 电话(010)68423599　邮箱 editor@readinglife.com
经　　销 新华书店

责任编辑 翟明明
特邀编辑 褚方叶 贺 静
装帧设计 李照祥
内文制作 田晓波

印　　刷 河北鹏润印刷有限公司
开　　本 890毫米×1270毫米 1/32
印　　张 5.5
字　　数 130千
版　　次 2021年3月第1版
印　　次 2021年3月第1次印刷
书　　号 ISBN 978-7-5442-8704-3
定　　价 58.00元